Les lettres argentées

Alex VOX

Les lettres argentées

ROMAN

© 2021 Alex Vox
Édition : BoD – Books on Demand,
12/14 rond-point des Champs-Élysées, 75008 Paris
Impression : BoD - Books on Demand,
Norderstedt, Allemagne

Illustration : Alex Vox

ISBN : 9782322379323
Dépôt légal : Juillet 2021

À mes parents, grands-parents qui m'ont aidé à grandir,

À ma sœur, à mon frère qui ne cessent de me soutenir,

À mes amis qui m'écoutent et partagent sans (dé) faillir,

À mon amour qui m'a permis de réussir,

Et aux autres aussi… que la vie continue de nous réunir !

Alex.

1

Je regardais le paysage défiler à toute allure. Aux endroits dévastés succédaient de fabuleux tableaux aux couleurs incroyables. Je comprenais sans mal que les peintres, du plus modeste au plus réputé, y puisent leur inspiration sans vergogne. J'étais partie la veille au soir, mais je laissais encore mes yeux s'égarer, intégrant dans ma mémoire un million de clichés. Les voyages répétés ne m'avaient pas fait perdre cette habitude.

Dans huit minutes très exactement, je serais à destination, midi trente-neuf pour être précise. Mon estomac se chargeait sans cesse de me rappeler que je n'avais rien pu avaler depuis la soupe de légumes de maman à une heure du départ. Les deux sandwiches confectionnés par mes soins patientaient encore au fond de mon sac. Chaque fois que j'effectuais un long trajet, je demeurais le ventre vide, sans doute par précaution, ou qui sait, un brin de superstition. Comme l'heure approchait, je me mis debout, massant ma jambe droite, car je sentais naître un début de crampe. Je descendis mes deux sacs du compartiment à bagages. J'aidai la vieille dame, seule occupante de mon wagon, moi mis à part, bien entendu. Elle avait passé la quasi-totalité du trajet Besançon-Montbéliard à dormir. Elle me gratifia d'un immense sourire reconnaissant, et ses petites pommettes rougirent, rehaussant son teint porcelaine. Je m'approchai de la porte du train, gardant tout de même un œil attentif sur la petite mamie. Enfin, une voix doucereuse résonna dans les haut-parleurs : Montbéliard, deux minutes d'arrêt ! Mes bagages dans une main et la valise de la femme dans l'autre, je sautai sur le quai avant de presque la porter, tellement l'épreuve des marches semblait douloureuse pour elle. Une belle jeune femme, aux cheveux ambrés, accourue pour prendre le relais. Je continuai donc ma route tranquillement. Les autres passagers se pressaient à l'extérieur. Je suivis la foule en gardant toutefois mon allure. Je pénétrai dans la gare, moderne, bien agencée, mais assez petite. Je ne m'attardai pas davantage, pressée d'arriver chez moi, et me dirigeai vers la porte vitrée extérieure. J'admirai au passage son cadre bleu alu que personne n'avait encore pris la peine de dégrader. Dehors, je clignai des yeux, car le soleil venait d'apparaître depuis peu sans doute, car l'odeur de la pluie flottait encore dans l'air. Le brouhaha des voitures et des discussions des passants couvrait le chuchotement du vent dans les feuilles colorées d'automne. La bâtisse était très certainement d'époque, à en juger par ses pierres. Enfin ! N'étant pas une experte en bâtiment, je ne pouvais que regretter qu'il ait été repeint en rose pâle. Cette couleur me faisait dresser les poils depuis que j'en avais ! À quelques centimètres de moi, parallèlement à la façade, se dressait une file de cinq taxis. Les chauffeurs attendaient les clients potentiels en lisant le journal à l'intérieur. À ma droite, un imposant bâtiment, contenant la bibliothèque, à en croire les panneaux indicateurs. Je me jurai de revenir un de ces jours, mais ne m'attardai pas plus, parce que je désirais rejoindre mon nouvel appartement au plus vite. Je pris le premier taxi me pliant aux règles en vigueur. J'espérais tout bas que la ville me plairait : Montbéliard, Franche-Comté.

Le chauffeur était âgé d'une cinquantaine d'années, les cheveux poivre et sel, le front haut. Des petits yeux bleus malins étaient disposés de chaque côté d'un grand nez fin. Ses sourcils étaient presque inexistants, sa bouche minuscule, ses lèvres étroites. Par contre, il possédait une mâchoire forte et carrée. Sa petite taille, un mètre soixante environ, renforçait son aspect robuste. Il appréciait sûrement les salles de gym ! Avais-je devant mes yeux le portrait type d'un régional ? Avec la précipitation des événements, je n'avais même pas eu le temps de me renseigner sur cette ville inconnue. L'homme m'adressa la parole en premier.

— Bonjour mademoiselle ! entonna-t-il avec un accent traînant qui ressemblait à celui des Suisses.

— Bonjour monsieur. Je dois aller rue Quampenotte…, risquai-je d'une voix mal assurée en me dandinant d'un pied sur l'autre machinalement.

— Pas de problème ! me confia-t-il avec un large sourire encourageant. Il roula son journal avant de le poser sur le siège du passager. Il m'ouvrit la porte arrière droite, pour que je puisse m'installer dans la 605 grise. Auparavant, il avait porté mes sacs dans le coffre. Le poste de radio fonctionnait en sourdine. Il l'éteignit et nous partîmes.

— Je devine à votre accent que vous n'êtes pas d'ici, reprit-il après avoir manœuvré avec expertise parmi les voitures. Cette remarque me fit sourire.

— C'est exact. Je viens du sud, répliquai-je le plus gentiment possible, sans pour autant lui en dévoiler davantage. Sa radio professionnelle grésilla et, tandis qu'il prenait note d'une nouvelle course, j'en profitai pour admirer le paysage. Nous passâmes sur un pont d'où je pus distinguer un immense parc. Avec envie, je me tordis le cou jusqu'à ne plus l'avoir dans mon champ de vision, mais très rapidement nous arrivâmes dans une agglutination d'immeubles aussi hauts que laids. Je fermai les yeux, priant pour que ma destination se situe très loin de ce quartier. Malheureusement, le chauffeur me stoppa au pied d'une tour de dix étages, contre laquelle un berger allemand venait de se soulager.

— C'est sept euros mademoiselle.

Je lui tendis un billet de dix, il me remercia, me rendit la monnaie, me gratifia d'un dernier sourire et repartit en faisant crisser ses pneus sur le goudron bosselé.

Personne pour m'accueillir ! La rue était déserte. Je me retrouvais seule avec mes deux sacs de sport sur le trottoir, regardant la façade grisâtre et sale de mon immeuble. Ce n'était pas que je m'attendais à une grande fête de bienvenue avec des banderoles, mais j'aurais apprécié d'être saluée et guidée un minimum, d'autant plus que je n'avais pas les clés. N'ayant rien d'autre à faire, je mangeai un sandwich au thon sorti de mon sac rouge. Rassasiée, mes idées devenaient plus claires, allant même jusqu'à se disputer à l'intérieur de mon cerveau. Une cabine téléphonique me narguait au coin de la rue. J'allai appeler le collège avec le numéro apposé sur mon contrat de travail. Malheureusement, personne ne décrocha. J'attendais déjà depuis un bon quart d'heure — ayant eu tout de même le temps de reculer dans une crotte de chien, et croisant les doigts pour que ça me porte bonheur — quand un petit homme chauve, une serviette serrée sous le bras gauche, s'adressa à moi d'une voix mal assurée.

— Madame Dalles ?

J'avais envie de lui répliquer, Mademoiselle ! Mais je ravalai ma colère, trop heureuse que quelqu'un s'occupe enfin de moi. Il se tenait bien droit, sûrement pour tenter de paraître un peu plus grand : je le dépassais d'une bonne tête. Pourtant, je ne mesure qu'un mètre soixante-treize ! Il me tendit une main molle et humide. Je la lui serrai tout en continuant à le dévisager. Ses deux sourcils roux étaient si épais et fournis qu'ils se rejoignaient. Cela me faisait penser aux mutants que l'on trouve dans certaines séries télé. Ses yeux d'un noir de jais semblaient vides de toute émotion et renforçaient cette impression de méchanceté qui émanait de lui. Son nez n'existait pratiquement pas, tout comme ses lèvres d'ailleurs. Pour couronner le tout, il avait le teint blafard d'un mort.

— Je suis le directeur du collège, monsieur Radulac, continua-t-il précipitamment d'une toute petite voix qui montait bizarrement dans les aigus et qui ne cadrait absolument pas avec le personnage. Il soufflait bruyamment. Visiblement, je le troublais beaucoup, car il rougissait de plus en plus. Je lui répondis « enchantée » très sèchement. Je lui en voulais énormément de m'avoir laissée poireauter comme ça. Je venais sûrement de lui faire peur puisqu'il me posa brutalement les clés dans la main droite que j'avais encore à moitié tendue, et m'abandonna aussi vite, en se retournant tout de même pour déclarer : on se reverra au collège !

Je restai un moment inerte sur le trottoir, surprise par la fuite de mon supérieur hiérarchique. Les habitants de cette ville n'étaient guère accueillants au premier abord ! À moins que cet homme fût un spécimen à part. Je fis sauter le trousseau, hésitant à entrer. Un petit gamin, qui jouait au ballon, me regardait avec étonnement. Il devait se demander ce qu'une grande dinde comme moi faisait devant la porte de son immeuble depuis cinq bonnes minutes, sans y entrer. Il faut dire que de l'extérieur, le hall n'incitait guère à y mettre les pieds. Me servant du passe magnétique, je fis mes premiers pas dans ce corridor qui me menait jusqu'à mon domicile provisoire. Une feuille blanche à carreaux bleutés était scotchée sur la porte de l'ascenseur. Elle provenait apparemment d'un cahier d'écolier. On l'avait arrachée pour y inscrire à l'encre rouge en lettres capitales, ces deux mots qui vous coupent les jambes après un aussi long voyage : en panne ! Vu l'état des lieux, je n'en étais guère surprise. Un paquet de journaux de petites annonces piétiné et humide était éparpillé au pied des boîtes aux lettres. Deux ou trois mégots de cigarettes traînaient à même le sol qui paraissait ne pas avoir été nettoyé depuis six mois tellement il s'avérait difficile de donner une couleur au dallage. Le pire de tout, c'était cette odeur exécrable, mélange d'urine, de tabac froid et de sueur.

Résignée, je me dirigeai vers l'escalier en retenant autant que possible mon souffle. Je grimpai les marches quatre à quatre, un sac dans chaque main. Les escaliers en colimaçon n'étaient guère plus propres et comme les ampoules étaient cassées, j'accélérai le pas dans l'obscurité. J'arrivai à peine essoufflée au quatrième étage devant la porte de mon logis. Mon nom était inscrit sur un post-it collé sur la porte bleue, Carole Dalles, mais la plaque indiquait encore Pascal Debussy. C'est ainsi que j'appris le nom de celui que je devais remplacer. Pas mal pour un professeur de musique ! Au moment où j'introduisis la clé dans la serrure, je crus percevoir un miaulement. J'ouvris. Aussitôt, une magnifique chatte tigrée et blanche aux yeux chocolat au lait se lova contre mes jambes. Enfin quelqu'un qui m'attendait ! Je la caressai délicatement. Elle n'était pas très sauvage. Visiblement, elle n'avait pas mangé depuis plusieurs jours.

Je posai mes valises et me mis en quête de la cuisine. L'appartement était dans un état pitoyable, sale et en désordre. La chatte, que je nommai Bastet, suivait chacun de mes pas. Elle m'avait déjà adoptée aussi incroyable que ça puisse paraître ! Dans la pièce, des relents de sardines s'échappaient de la poubelle. Mon prédécesseur n'était, sans nul doute, pas un as de la propreté. J'ouvris le réfrigérateur. Son contenu était à l'image de tout le reste : pas très appétissant : un vieux morceau de comté moisi, un bocal de cornichons presque vide et un bout de gâteau… peut-être un framboisier. Rien pour le chat ! Sous l'évier, je trouvai un litre de lait non périmé et encore fermé. Je lui en donnai un peu. Je savais bien que ce n'était pas conseillé : les chats adultes le digèrent mal, mais je n'avais que ça sous la main. Je lavai un bol, trouvé dans l'évier, au-dessus d'une pile de vaisselle sale. La chatte lapa immédiatement. Rassurée à propos de son état de santé, je repris ma visite des lieux.

Le salon était très grand avec des murs blancs. Il formait une seule et même pièce avec la chambre à coucher, beaucoup plus petite, aux murs bleutés. Le propriétaire, c'était du moins ce que je supposais, pour marquer la séparation entre les deux salles, avait placé une bibliothèque qui servait de mur et d'espace de rangement en même temps. La tapisserie était récente. La porte du salon donnait sur un petit couloir, menant lui-même à la salle de bain, à un débarras, et à la porte d'entrée. Pour aller à la cuisine, j'étais obligée de passer par le salon. Dans la salle de bain, des serviettes de toilette traînaient dans le bac à douche. Il y avait du calcaire partout. Je jugeai prudent de tout désinfecter à l'eau de Javel. Encore heureux que le samedi les magasins soient ouverts ! J'avais remarqué en venant ici, une petite supérette à quelques pas de l'immeuble, de l'autre côté de la rue, sur la gauche. J'y allai pour y acheter de la nourriture pour le chat et pour moi, ainsi que des produits ménagers. J'achevai mon nettoyage et empilai les affaires de Debussy dans le placard du couloir en attendant que quelqu'un vienne les chercher, car bizarrement il n'avait rien emporté en déménageant. Éreintée, je me couchai sur le lit et sombrai dans un profond sommeil.

Quand j'ouvris les yeux, je me sentis reposée, mais toujours aussi tendue. Je pris une grande inspiration, puis recrachai l'air brusquement, encore plus fort qu'il était entré. Un témoin, qui aurait assisté à la scène par hasard, aurait pu croire que je craignais que l'oxygène brûle mes poumons. Il n'en était rien. Je cherchais simplement à me relâcher. J'avais pris, avec ma meilleure amie, une bonne résolution pour cette année : commencer le yoga. Les jours étaient passés, je ne m'étais pas encore inscrite. Je me disais donc que quelques fortes respirations pourraient éventuellement calmer ma tension. Mais après avoir manqué plusieurs fois de m'exploser les poumons, je dus me rendre à l'évidence. Trop de pensées gambergeaient dans ma tête pour que je puisse faire le vide, comme on dit ! Sur le lit, les mains derrière la tête, je fixais le plafond. Soudain, j'eus une idée lumineuse : tenir une autre de mes promesses en écrivant à Sylvie, justement.

Elle et moi avions grandi ensemble, loin d'ici, dans un petit village de trois cents habitants de la région septentrionale de la vieille province du Rouergue : Conques. Nous avions eu les mêmes instituteurs, notamment mademoiselle Koupek. Celle-ci eut à nous supporter pendant toute notre maternelle. Nous étions de vrais paquets de nerfs ! Je me souviens que nous lui trouvions un drôle d'accent. Elle était russe, comme me l'avait expliqué papa. Il se prêtait alors de bonne grâce à mon caprice quotidien : il poussait très fort la balançoire pour que je puisse voler très haut. J'avais alors l'impression d'être assise dans les nuages.

— Russe, lui avais-je demandé, en ouvrant grand mes yeux bruns sous l'effet de la surprise ? Comme le vieux monsieur-soldat qui est toujours vers l'église ?

— Russe comme lui, m'avait affirmé Philippe Dalles, l'homme que je trouvais le plus beau de la terre : mon père. Il avait les cheveux noirs, rasés très courts, comme un militaire, des yeux bruns foncés et il était très grand par rapport à tous ses amis. Sa réponse m'avait laissée sceptique un petit moment : j'avais quatre ans et huit mois, septembre 1973. J'avais alors essayé d'imaginer un lien entre le vieux monsieur qui ne sentait pas bon, comme je l'avais déclaré haut et fort à mon père, un jour en passant devant le lieu de culte, et la jolie, mais sévère mademoiselle Koupek. Je dus faire une telle moue, que papa s'était mis à rire. Puis nous nous étions roulés dans l'herbe verte devant la maison, avec nos beaux habits blancs. Maman sur le perron, les mains sur les hanches nous regardait un éclat de bonheur au fond de ses yeux bleu clair. Elle était fine comme une sirène. Sa grande taille mettait ses courbes en valeur. Maman était la beauté incarnée, la Vénus de Conques. Au bout de quelques instants, une mèche blonde lui retombant dans les yeux, elle faisait mine de se fâcher : l'herbe verte avait jauni nos habits du dimanche. Elle jurait ses grands Dieux qu'elle n'arriverait jamais à les nettoyer. Mais elle les lavait. Elle avait toujours su rendre aux habits leur éclat avec, en plus, un délicat parfum de lavande. C'était le bonheur. Deux années plus tard, papa nous quittait, fauché par une voiture, alors qu'il revenait à pied de l'école où il était instituteur. Aujourd'hui, il était là-bas, au cimetière de Conques, sous quelques centimètres de marbre, que j'avais toujours trouvé trop froid, pour un papa qui était le plus formidable du monde. Après la maternelle, Sylvie et moi sommes entrées au primaire. Nous nous disputions alors les premières places. Au CP, j'ai commencé à jouer du clavier. Vint le collège puis j'entrai au conservatoire de musique à Paris. Sylvie continua un peu ses études, passa son bac puis se maria en 1988 avec Bernard, de dix ans son aîné. Le 3 mars 1990, Marie, ma filleule, est née de cette union. J'avais terminé mes études, et j'étais maintenant professeur de musique, mais pas encore titulaire. Sylvie et moi essayions de nous voir le plus souvent possible.

Sortant soudain de ma rêverie, je pris une grande feuille blanche dans un des tiroirs de ma commode. Certains y rangent des chaussettes, moi j'y avais mis feuilles, cahiers et stylos. De toute façon, je n'avais pas assez de chaussettes pour la remplir. Quant au stylo, j'en ai toujours un à côté de moi, en cas de brusque inspiration. La lettre achevée, je signai : Carole, avec de belles lettres rondes comme je savais si bien les faire. Je regardai ma montre : il était presque vingt et une heures. Je bâillai bruyamment et m'étirai. J'avais dû terminer à la lumière de l'ampoule. Elle était trop forte et j'avais les yeux qui me brûlaient. Je me les frottai. Je ne relus pas, le courage me manquait. Je pliai chacun des quatre feuillets en marquant avec précision les plis avec l'ongle de mon pouce. Je les réunis en les alignant soigneusement. Je les mis dans une enveloppe d'un blanc immaculé. D'une belle écriture, j'y inscrivis l'adresse de Sylvie. Je léchai le timbre que j'avais préparé et qui attendait au coin de la table. La colle était infecte ! J'avais toujours détesté faire subir à mes papilles gustatives un tel supplice, mais je n'avais plus de timbres autocollants. Cela m'arracha une grimace qui eut pour effet de faire fuir le chat. J'apposai ce petit rectangle tout mouillé sur l'enveloppe et appuyai bien fort du plat de la main. Je comptai jusqu'à dix, relâchai la pression. Ça tenait. Tout était prêt ! Le frigo était rempli. Bastet dormait dans le panier tout neuf que je lui avais choisi à la supérette. L'air dégageait l'odeur agréable des produits d'entretien nouvelle génération. J'allai dans le salon et m'assis sur le vieux clic-clac bleu. Il poussa un grognement plaintif qui réveilla la chatte. Elle vint se blottir sur mes genoux. Je la caressai. Mes yeux se posèrent sur la bibliothèque. Elle semblait devoir s'écrouler d'un instant à l'autre. Le contre-plaqué supportait mal d'être déménagé et visiblement ce meuble avait dû l'être plus d'une fois. Il était tout écaillé et ses angles n'étaient plus très droits. Cependant, par endroits, on pouvait encore distinguer sa couleur beige d'origine. Je me levai et fermai les volets. Ayant failli me déboîter une nouvelle fois la mâchoire à cause d'un bâillement puissant, je décidai prudemment d'aller me coucher. Je me dévêtis rapidement et me glissai dans les draps propres qui sentaient bon la lavande et me rappelaient maman. Bastet vint se coucher à côté de moi.

II

Je m'éveillai tôt, bien avant le réveil, qui m'indiquait en chiffres lumineux six heures trois, un peu déphasée ne reconnaissant ni mes odeurs, ni mes sons habituels. Je mis quelques instants à recouvrer mes esprits, bien aidée en cela par la chatte que j'avais complètement oubliée durant la nuit. Un petit frôlement imprévu et j'étais opérationnelle après avoir eu une peur bleue : d'ordinaire, je n'avais pas d'animal de compagnie. J'étais excitée à l'idée de rencontrer mes nouveaux collègues et élèves, mais une certaine appréhension me serrait le ventre, comme chaque fois que j'arrivais quelque part. J'allai à la salle de bain, suivie comme mon ombre par Bastet, fis un long pipi en bâillant, tirai la chasse deux fois : elle fonctionnait mal. Je pénétrai dans la cabine de douche et me savonnai vigoureusement sous l'eau chaude pour finir de me réveiller. Je m'essuyai le corps avec une serviette bleu clair, cadeau de Sylvie pour Noël 1995 et jetai un coup d'œil dans le miroir au-dessus du lavabo. Ce matin, pleine d'entrain, je me trouvais presque jolie : mes grands yeux sombres, brun-noir comme ceux de papa, brillaient et éclairaient ainsi mon visage encore trop blanc, bien que bronzé. Mes cheveux noirs retombaient sur mes épaules. Une goutte perlait au bout de mon nez, que je détestais plus que tout. Je l'avais cassé à l'âge de dix ans, lors de ma première et dernière visite à la patinoire. Mon visage plein de sang avait d'ailleurs fort effrayé Sylvie. La goutte tomba dans le lavabo de céramique aussi blanc que la douche, les toilettes et le carrelage (ce qui donnait à cette pièce des allures d'hôpital). Ma bouche large en sourit, tirant sur mes lèvres, trop grosses à mon goût. Je branchai le sèche-cheveux. Quand toute l'eau eut enfin disparu de ma tignasse, je me dirigeai vers l'armoire, beaucoup trop grande pour mes quelques vêtements ! Par contre, sa façade de miroirs me plaisait énormément. Essayant de discipliner une mèche rebelle, je me trouvais devant un choix cornélien : comment allais-je m'habiller ? Il fallait que ce soit simple, pour ne pas effrayer les élèves, mais suffisamment correct pour ne pas déplaire à mes collègues, à l'étrange Radulac, et pour marquer mon premier jour. J'optai pour un pantalon de cuir noir taille 38 et un petit débardeur blanc en stretch.

J'ouvris les stores vert d'eau. Je commençai par celui de la chambre, puis celui du salon. La chatte, qui visiblement avait une vie très agitée, avait repris ses bonnes habitudes et dormait déjà sur le clic-clac bleu nuit. J'ouvris le dernier volet et la fenêtre. Je fis du café. La cafetière avait besoin d'un détartrage. En attendant que je puisse prendre mon petit déjeuner, je préparai mes affaires. J'aimais bien mon sac. C'était un sac à dos en cuir qui m'avait été offert par Sylvie — et oui, encore elle… — pour mon anniversaire, le 15 janvier 1997. Elle en avait assez de me voir avec mon sac kaki de l'armée, à moitié déchiré, non étanche et d'une couleur douteuse. Elle savait, bien sûr, que j'aimais le cuir, sa texture, son odeur, son contact… Elle avait trouvé le cadeau idéal, comme à l'accoutumée ! J'y rangeai une trousse cylindrique noire, une règle graduée, un bloc-notes, des feuilles de papier musique, une flûte à bec en bois, une bouteille d'eau minérale d'un demi-litre (achetée à la supérette) et une pomme bien rouge. Tout était prêt ! Ah non ! J'avais failli oublier une boîte de craies blanches. Les fournitures devaient être données par le collège, mais j'avais déjà eu de mauvaises surprises par le passé. Inutile de songer à donner un cours sans utiliser le tableau noir. Mon erreur réparée, je sortis un bol du placard et me versai un bon café bien chaud. Qu'il était agréable ce premier café du matin ! J'en fermai les yeux et m'en versai un deuxième. Je regardai ma montre : il était presque sept heures. Je mettrais vingt minutes pour me rendre à pied au collège, d'après mes estimations. Les cours commençaient à huit heures. J'avais donc encore huit bonnes minutes devant moi. Je fis mon lit, lavai mon bol, l'essuyai, le rangeai, fermai la fenêtre, redonnai de l'eau au chat, me brossai les dents, enfilai mes chaussures et pour finir, mis mon sac au dos, pris la lettre pour Sylvie et les clés, sortis.

Vingt minutes plus tard, je me trouvais devant le collège : une grande bâtisse rectangulaire en préfabriqué. Il ressemblait à un supermarché, avec des petites fenêtres carrées et une façade saumon. Je pensai qu'une construction en Lego donnerait à peu près le même résultat. Surprise : monsieur Radulac m'attendait ! Il s'avança vers moi. Il était toujours aussi roux, aussi petit, mais beaucoup moins rouge. Il m'ordonna de le suivre d'une intonation qui ne donnait pas envie de le contredire. Après avoir parcouru des couloirs qui n'en finissaient pas, je me retrouvai dans la salle des professeurs. Une dizaine d'entre eux était déjà arrivée. Ils étaient assis soit sur des chaises, soit sur des tables. Ces dernières étaient de forme hexagonale et accolées les unes aux autres, de façon à former trois postes à l'intérieur de la pièce. Une grande fenêtre, en face la porte, se découpait dans les murs, jaunes comme les rideaux. À gauche, une cafetière, un four à micro-ondes et des gobelets en plastique blanc reposaient sur une petite table carrée. Mes collègues formaient deux groupes : un de quatre personnes, un autre de six. Certains parlaient très fort. La plupart fumaient, heureusement que la fenêtre était ouverte.

Derrière nous arriva un grand homme musclé aux yeux verts et aux cheveux blonds mi-longs. Je lui donnai une trentaine d'années. Il m'adressa un beau sourire. Deux petites fossettes apparurent. Il tenait un attaché-case d'une main, un sachet plastique de l'autre. Il lança plein d'énergie :

— Salut tout le monde ! J'ai apporté les croissants !

Il vint vers moi sans abandonner son sourire.

— Mademoiselle Dalles, je suppose ?

Radulac s'était discrètement effacé et en profitait pour se verser un café. Je passai une main dans mes cheveux pour écarter la mèche qui était tombée dans mes yeux.

— Oui, répondis-je bêtement, mais sans pourtant trouver d'autres répliques. J'étais intimidée. Heureusement, il ne semblait pas s'en être aperçu et continuait les présentations.

— Bastien Douareg. Je suis d'origine bretonne. J'enseigne le latin, débita-t-il d'une traite sans me quitter des yeux, mi-intrigué, mi-septique.

C'est drôle, je n'arrivais vraiment pas à l'imaginer conjuguant les rosa rosa rosam et parlant de Jules César.

— On se tutoie ? proposa-t-il immédiatement en envoyant le paquet de croissants à deux jumelles qui se tenaient bien droites à quelques centimètres de nous.

J'acceptai d'un hochement de tête ponctué par un sourire.

— Avec plaisir ! Appelle-moi Carole. J'avais enfin pu aligner deux phrases. Je faillis pousser un ouf de soulagement.

— Alors, pour toi ce sera Bastien.

Il me présenta ensuite tous les collègues présents, c'est ainsi que j'appris que les jumelles, que personne n'arrivait jamais à reconnaître, même pas lui, se nommaient Axelle et Alexandra Casevic, et qu'elles étaient toutes deux professeur de français. J'eus droit aux poignées de mains, puis, pour éviter que je me perde dans les couloirs, Bastien m'accompagna jusque devant la porte de ma salle de classe. Il était, d'après ma montre, huit heures moins deux. J'entrai.

De huit heures à midi, je donnai mes premiers cours à Montbéliard. D'après l'emploi du temps que Radulac m'avait glissé dans la main ce matin, juste avant de s'éclipser au milieu des présentations, je ne reprenais qu'à quinze heures. J'avais donc largement le temps de rentrer chez moi. Je me demandais en bouclant mon sac, comment j'allais bien pouvoir retrouver la sortie. La réponse se tenait debout devant mes yeux, avec ses deux petites fossettes : Bastien. Il était revenu me chercher.

— Alors, ils ne t'ont pas fait trop de misères ? s'enquit-il d'un air compatissant, en se dandinant d'un pied sur l'autre, visiblement pressé de quitter les lieux.

Je lui souris, heureuse de le retrouver.

— On dîne ensemble ? Il y a une cafet' de l'autre côté de la rue, me proposa-t-il aimablement.

Nous allâmes chez Denis, puisque c'était le nom de cet endroit. Les chaises, attachées aux tables, reflétaient la lumière. Tout le mobilier, ainsi que le comptoir, était blanc crème. Les murs de crépi blanc étaient largement percés d'immenses portes-fenêtres. Comme le comptoir, en forme d'U, se trouvait au milieu, on avait l'étrange impression d'être dans un manège duquel on pouvait entrer et sortir de tous côtés. Un serveur au blazer rose vint prendre la commande : steak à point, frites, non, pas d'apéritif.

En mastiquant ma viande, j'appris à Bastien que j'étais fiancée à Laurent Brun, un professeur de mathématiques. J'appréhendais sa réaction. Il ne changea pourtant pas d'attitude. Il me dit simplement qu'il n'était pas seul non plus puis changea de sujet. Nous attaquions une crème renversée quand il me demanda si ça ne me dérangeait pas d'habiter dans l'ancien appartement de Debussy, sachant que celui-ci s'y était suicidé. Je lâchai ma cuillère et demeurai sans voix. Sous mon regard interrogateur, Bastien poursuivit :

— Il s'est défenestré il y a dix jours. Personne ne peut dire pourquoi. Il semblait pourtant heureux de vivre ces derniers temps.

J'expirai et ramassai ma cuillère, bien incapable de trouver une réplique adéquate. Nous finîmes notre repas et retournâmes à la salle des professeurs. Je plaçai quelques affaires dans mon casier de façon à ne pas avoir à les trimbaler en permanence de chez moi à l'école, d'autant plus que je n'avais pas de voiture.

Depuis le début de mon remplacement, je me sentais mal à l'aise, comme si l'on me cachait quelque chose. Je me rendais compte que Pascal Debussy était vraiment très aimé. À part Bastien, tout le monde était très froid avec moi. Bien sûr, je ne m'attendais pas à de grandes effusions le premier jour, mais au moins à quelques mots et de petits sourires. Je poursuivis ma journée de travail avec le moral dans les chaussettes.

À dix-sept heures trente, je n'étais pas fâchée de rentrer chez moi. Je montai l'escalier. L'ascenseur était toujours en panne. J'ouvris la porte. Bastet me fit la fête. Je me déchaussai, ce qui n'était pas très facile quand un chat vous mâchouillait les lacets. J'allai à la cuisine, pris un panaché dans le réfrigérateur. Je jetai un coup d'œil au robinet : floc, floc, floc… et allai m'asseoir sur le clic-clac bleu, en ayant pris soin d'allumer la télévision avant d'être confortablement installée. Bastet vint s'allonger sur mes genoux. En la caressant, j'apportai la canette à mes lèvres. Je sentais le liquide glacé me couler dans la gorge puis dans le ventre, jusqu'au nombril. C'était agréable à m'en donner des frissons. Je reprenais des forces. La chatte se mit à ronronner. À la télévision, j'avais le choix entre dessins animés ou séries mille fois diffusées. Je laissai une chaîne au hasard. J'avais besoin de décompresser. Je fermai les yeux. Le chat me fit un câlin. Lasse, je m'endormis.

Le téléphone me réveilla en sursaut : Laurent, mon fiancé. J'étais contente d'entendre sa voix à l'accent chantant. Il était pressé, comme d'habitude. Je n'avais jamais compris comment il arrivait à être en retard en permanence, quoi qu'il entreprenne. Il courait toujours après le temps, souvent même au détriment d'une nuit de sommeil. Je lui demandai des nouvelles de Sylvie et de la petite. Il m'en donna, m'assura qu'il m'aimait et raccrocha. Je souris, un peu triste quand même. Il enseignait à Montpellier, moi partout en France. Nous habitions Conques. Notre couple pourrait-il supporter encore longtemps cette distance ? Je soupirai. Bastet se fit encore plus tendre et câline.

À vingt heures, je redonnai des croquettes à la chatte et me réchauffai des raviolis. Je mangeai sans appétit. J'étais fatiguée, malgré tout je pris le temps de regarder un documentaire à propos de la relation existant entre un manque de sommeil et la dépression nerveuse. Ça me fit penser à Debussy. Qu'avait-il bien pu se passer dans sa vie, pour qu'un brillant professeur, boute-en-train d'après Bastien Douareg, n'eût plus d'autres choix que celui de se jeter par la fenêtre ? Mystère… Je l'imaginai : visage flou, maillot de corps, caleçon sale, yeux hagards fixant cette même télé, usant son cerveau à regarder des idioties, telles que celles qui m'étaient offertes, une bière à la main. À côté de lui gisait un paquet de chips entamé et un cimetière de canettes, plongés dans la pénombre. Des toiles d'araignée pendaient au plafond. La télévision créait des formes étranges, d'inquiétants personnages, en jouant avec les ombres du salon. J'entendis son cœur s'accélérer et quelqu'un ricaner. Debussy sans visage se levait, les yeux déjà morts. Je ne distinguais qu'eux dans cette masse difforme et brumeuse que formait sa tête.

Je sursautai. J'ouvris les yeux. Je m'étais assoupie et j'avais rêvé. Je me demandais de quelle fenêtre il avait sauté. Je me levai. Bastet me regardait avec des petits yeux interrogateurs. Elle cherchait sans doute à comprendre pourquoi je l'avais réveillée à une heure aussi tardive (minuit trois). Mon cauchemar avait certainement eu lieu à minuit : l'heure où les diables sortent, où les… Je secouai la tête pour chasser mes idées noires et commençai à fermer les volets : cuisine, salon. Mais, au moment où je posai mes yeux sur la fenêtre de la chambre, mon regard fut attiré par la lumière de l'appartement qui se trouvait en vis-à-vis. J'avais remarqué en arrivant que les immeubles se touchaient presque, mais à ce point… Je n'arrivais pas à me détacher du spectacle. J'étais comme hypnotisée. Je me sentais dans un état second, comme saoule. Dans la pièce, la lumière était faible, probablement celle d'une lampe de chevet. Une personne, de dos, se dévêtait devant mes yeux. Le corps était svelte, bronzé et dégageait une telle puissance ! Je sentais que je transpirais. Les cheveux courts, délaissés, à la sauvage, laissaient entendre que leur possesseur devait l'être un peu aussi. Quand l'inconnu se retourna, je rougis, mais ne fermai pas les yeux. Une poitrine, petite, mais ferme, tout comme les fesses, brillait au clair de lune. La personne mystère n'était donc pas un homme, mais bel et bien une femme ! Son aspect androgyne aurait pu tromper n'importe qui, pourtant, je m'en voulais de mon erreur. Je pensais avoir suffisamment d'expérience pour faire la distinction entre un homme et une femme. La différence était-elle si mince ? Je me sentais honteuse de mon comportement voyeur. La logique voulait que je ferme mon store et que je me couche, mais le spectacle qui s'affichait devant mes yeux en valait la chandelle. Je me mis à rêver et inventai à ma femme un métier : écrivain ou peut-être musicienne, un passé : elle était américaine et habitait ici pour fuir ses fans, une famille : elle n'avait jamais connu son père, son frère était en prison, elle était seule, elle recherchait une amie...

Prenant soudain conscience de mon égarement, je respirai bruyamment et profondément. J'étais bien décidée à la rencontrer, par hasard, quitte à surveiller l'immeuble, s'il le fallait. Je voulais devenir son amie. Je ne savais pas pourquoi, mais quelque chose me disait que son destin et le mien étaient liés. L'Américaine passa une main dans ses cheveux et se massa longuement la nuque. Sa minuscule poitrine frémit. Je n'en perdais pas une miette ! Puis chacune de ses mains glissa sur un de ses seins. Les miennes en firent autant. Ses tétons pointaient. Je me demandais si je les voyais réellement. Je commençais à être vraiment excitée. J'avais chaud, très chaud. Elle passa une langue rose sur ses lèvres et j'eus un frisson. L'artiste se caressait toujours la poitrine d'une main, mais l'autre s'aventurait un peu plus bas sur son ventre. Je dégrafai mon pantalon. Le cuir me collait à la peau. À mon grand désarroi, l'inconnue tira ses rideaux ! J'eus l'impression de recevoir une claque en pleine figure. Constatant mon état, je fus effarée. Je repassai dans ma tête le film de mes amours.

D'abord Marc, un jeune peintre qui voulait refaire le monde. Nous étions tous deux lycéens. Entre le bac et les révisions, ses rêves m'avaient charmée. Puis Jean, qui en voulait à Bill Gates. Il se croyait plus fort que lui, caché derrière son ordinateur. Lui aussi, à sa manière, rêvait de tout changer. Philippe, l'avocat ruiné, qui n'avait jamais gagné un procès. De vingt-cinq ans mon aîné. Lui, depuis longtemps, n'avait plus aucune ambition. Changement radical ! Pour finir, Laurent, mon fiancé, qui n'avait jamais une minute à m'accorder. En m'asseyant sur mon lit, je pensai que je n'avais décidément pas de chance en amour.

Je me dévêtis ou plutôt terminai de le faire. Nue, je me glissai dans les draps. La nuit était si silencieuse que j'entendais les flocs… flocs… de l'évier. Dans la pénombre, je revécus la scène de tout à l'heure, enfin je m'endormis, bien décidée à tout connaître d'elle. J'eus une furtive pensée pour Debussy.

III

Le réveil sonna. Tâtonnant tant bien que mal avec ma main gauche la table de nuit pour tenter d'arrêter ce vacarme qui allait me rendre folle, je calculai mal mes distances et ouvris légèrement son premier tiroir. J'arrivai enfin, en visant une quinzaine de centimètres plus haut, à trouver le bouton miracle. Le silence se fit. J'avais mieux dormi que la veille, moins longtemps, mais d'un meilleur sommeil. Je ne me souvenais pas d'avoir rêvé. Ce qui était étonnant, car inhabituel chez moi, d'autant plus que je me trouvais dans l'appartement d'un mort ! Cela ne m'inquiétait pas outre mesure. Enfin si… un petit peu quand même !

Je me levai et allai à la salle de bain. Aujourd'hui, je ne dus tirer la chasse d'eau qu'une fois. Elle avait apparemment envie de faire preuve de bonne volonté. Pourvu que ça dure ! Cette pièce me rappelait toujours autant le milieu hospitalier que j'évitais d'ailleurs le plus possible. Sous la douche, je me frottai avec entrain. J'avais, en plus de l'exercice de mon métier, un deuxième objectif pour aujourd'hui : retrouver cette fille et en savoir plus sur elle. Je comptais mettre à profit ma demi-journée de repos pour satisfaire cette requête. Je sortis de la cabine, me séchai corps et cheveux. Comme depuis le temps, ces gestes étaient devenus machinaux, je pus les effectuer tout en élaborant mon plan d'approche. Avant l'aventure d'hier soir, j'avais envie de passer mon mardi après-midi à flâner au hasard pour découvrir le coin. Je n'en avais encore pas eu le loisir. Ainsi donc, je pourrais faire d'une pierre deux coups : visiter la ville et chercher l'inconnue. Je jetai un rapide coup d'œil dans le miroir et conclu que j'étais suffisamment présentable. Dans la chambre, je pris un jeans bleu et un T-shirt assortis. Je les enfilai sans hâte. J'avais encore le temps. Plus cool qu'hier, mais moins sexy aussi ! Je me demandais pourquoi cette pensée m'était venue à l'esprit. J'étais fiancée, avec un prof de maths aussi présent qu'un fantôme peut-être, mais fiancée quand même. Bastien disait lui-même qu'il n'était pas libre. Mes collègues ne m'intéressaient pas et mes élèves étaient trop jeunes. Alors qui espérais-je séduire ?

J'ouvris le store et la fenêtre de la chambre. Un léger vent soufflait et accélérait la chute des feuilles : l'automne ! Une saison que j'appréciais particulièrement, l'époque des artistes. Le Dieu des peintres nous présentait sa palette : une touche de rouge, un doigt de jaune… Le paysage me dévoilait sa parure. Par le regard, je lui présentai mes hommages. Je me laissai un instant porter par le spectacle. Mes yeux descendaient lentement. Je me rendis compte que je regardais dehors, l'endroit situé juste en dessous de la fenêtre. Il avait sauté… L'espace d'un instant, il me sembla apercevoir un corps en bas. D'effroi, je reculai de deux pas. Je ris, me traitai d'imbécile. J'étais certaine qu'aucun corps n'était sur le trottoir, mais je savais maintenant au plus profond de moi que Pascal Debussy, la nuit du 6 octobre, s'était jeté de cette fenêtre.

Je m'assis sur le lit, essayant de recouvrer quelques couleurs, car mon teint, d'ordinaire déjà bien blanc, était devenu cadavérique. À cet instant, je songeai au tiroir que j'avais ouvert en essayant d'éteindre ce fichu réveil. Je me rappelai alors que j'avais omis, lors de mon grand nettoyage, de vider le tiroir de la table de nuit. Cet oubli pouvait être réparé dès à présent. Quand je posai mes yeux sur celui-ci, entrouvert de deux bons centimètres, quelque chose à l'intérieur, attira mon attention. J'y distinguais nettement un objet argenté. Je tirai sur la poignée et achevai l'ouverture. Des feuilles de papier… Je n'en avais encore jamais vu de cette couleur. C'était des lettres imprimées à l'encre noire. En les lisant, je commençai à avoir sérieusement peur.

La plus courte assurait : « *Je connais votre secret* ». Les autres, plus longues, avaient pour objectif d'effrayer le professeur, ou peut-être même, de lui prédire l'avenir… Soudain, je fus prise d'un doute affreux. Si Debussy n'avait pas sauté ? Si quelqu'un l'avait plutôt poussé ? Dans ce cas, il ne s'agirait plus d'un suicide, mais bel et bien d'un meurtre ! Je frissonnai, mais continuai à lire.

Je te l'avais dit, Connard…

Je sais tout !

Tu vas finir dans un corbillard

Si tu ne prends pas tes jambes à ton cou…

En plus, le maître chanteur faisait des rimes ! Devais-je réellement prendre cette affaire au sérieux ? Cette façon d'écrire était si inhabituelle !

Je t'ai vu ce soir sourire bêtement.

J'aime pas ce sourire Connard. Je vais te péter les dents !

Et si je leur disais tout ?

Tu serais fier ?

Ou préférerais-tu voyou

Garnir le cimetière ?

Plus je lisais, plus j'avais envie de continuer. Une certaine frénésie m'habitait, comme lorsque j'étais gamine et que l'on venait de m'apprendre quelque chose de très important. Maintenant, j'avais besoin de savoir ! Je fouinais sans retenue au milieu de ces révélations, oubliant le chat, qui pourtant me griffait les doigts, insensible au changement opéré en moi, ne pensant plus à rien d'autre, même pas au délicieux café qui m'attendait dans la cuisine. Mais l'heure tournait et je ne voulais pas être en retard pour mon deuxième jour. Mon horloge interne se chargea de me tirer de l'état second dans lequel je venais de me trouver. Un coup d'œil à ma montre, et je courus pour avaler précipitamment un bol de café réchauffé au micro-ondes. Cette fois, je n'avais plus le temps et je me brûlai. J'ouvris le restant des stores, fermai la fenêtre de la chambre en prenant la précaution de ne pas regarder en bas, mes émotions étant encore toutes fraîches, enfilai mon blouson en jeans, caressai Bastet, que j'avais négligée depuis un certain temps. Un miaulement me le reprocha. Je sortis. Il ne me restait qu'un quart d'heure pour arriver en classe. Comme dans ma jeunesse, je me mis au pas de course. La ponctualité n'était pas mon fort avant mon arrivée au Lycée. Je pensais être guérie de cet affreux défaut, pourtant…

Mon ange gardien de la veille faisait les cent pas devant la grille. Je lui demandai s'il m'attendait et m'en excusai sans attente sa réponse, légèrement honteuse. Il m'assura que non, sans me regarder dans les yeux. Je sentis qu'il mentait. Je ne savais comment me faire pardonner. Un malaise commençait à envahir l'atmosphère. Seules les gouttes de pluie tombant régulièrement sur le bitume humide et le bruit des enfants qui décompressaient un peu avant d'aller en classe, perturbaient le silence. Mais, quel spectacle devais-je lui offrir ? Les cheveux mouillés (il s'était remis à pleuvoir durant le trajet), en bataille, emmêlés, soufflant comme un bœuf et la figure aussi rouge que son pull-over (j'en étais sûre…) ! Pourtant, il ne fit aucune remarque. Quant à moi, j'avais tellement couru que j'eus même le temps de boire un café dans la salle des profs et de me recoiffer dans les toilettes avant de débuter mes cours.

Jusqu'à midi, mon métier d'enseignante focalisa toute mon attention. Partageant successivement un peu de savoir avec des élèves aux âges et niveaux différents, j'en oubliai Debussy, le maître chanteur et les lettres. Je me consacrai entièrement à la musique, expliquant le déchiffrage de la portée et écoutant pendant quatre heures des musiciens en herbe, qui visiblement n'allaient pas faire carrière.

Mon métier me plaisait, malgré ses quelques inconvénients. Je crois que c'était papa qui m'avait transmis la vocation. Je me souvenais des soirs où je restais avec lui après la classe. J'écrivais sur le tableau pendant qu'il parlait à maman, ou qu'il préparait la salle pour le lendemain. Mon père revenait de plus en plus souvent dans mes pensées depuis ces nouveaux événements. Je rangeai mes affaires. Bastien arriva dans ma salle de cours : fossettes, cheveux blonds et yeux verts.

— Tu manges avec moi, s'enquit-il ? Même s'il avait énoncé cette phrase comme une question, je sentais que pour lui ma réponse ne faisait aucun doute.

— Avec plaisir, si Jules César t'en laisse le temps, répondis-je en lui rendant son sourire, autant pour lui faire plaisir à lui, qu'à moi-même. Après tout, la perspective d'un dîner en tête à tête était plus emballante que celle de me retrouver seule. Ma visite pouvait attendre encore quelques minutes de plus.

— Tant qu'on ne croise pas Brutus, on peut manger tranquille, clama-t-il haut et fort, en se redressant militairement d'un air solennel.

Je ris. Il avait beaucoup d'humour et ne correspondait en rien à l'image que je m'étais faite des professeurs de latin. Je les imaginais vieux, sévères, avec des petites lunettes cerclées de métal. Je savais bien sûr que ces préjugés étaient mal à propos, surtout de la part d'une enseignante. Je me demandais si ses élèves appréciaient le latin. Avec un prof aussi drôle et mignon, il était facile de croire que oui ! J'avais pu constater, au cours de ma vie, à quel point le fluide qui circulait entre l'éducateur et les élèves était important pour leur réussite.

Pendant que je réfléchissais à tout ça, nous avions marché et nous étions sur le point d'entrer chez Denis. Bastien n'avait pas osé interrompre mon silence, pensant sans doute que l'artiste, c'était le nom qu'il me donnait, réfléchissait à une de ses œuvres. Je lui avais dit qu'il m'arrivait de composer des chansons au piano. Depuis, il me traitait comme si j'allais devenir une star. Nous pénétrâmes dans le restaurant par une des nombreuses portes. Il était presque plein et les serveurs toujours en rose, s'affairaient. Nous nous assîmes à une table près de la base du U. Quelqu'un vint prendre la commande. Aujourd'hui, nous optâmes pour une quiche lorraine et du cidre. La serveuse repartit.

— Tu vas faire quoi cet après-midi ?

Bastien me regardait d'un air mi-interrogateur mi-amusé. Je me rongeais les ongles, comme à chaque fois que quelque chose me chagrinait. Je sentais ses yeux sur mes doigts. Je les retirai de ma bouche et rougis.

— Ben… J'avais pensé me promener un peu ici et là pour découvrir Montbéliard, réussis-je à bredouiller en cherchant mes mots.

— Ah… c'est dommage que je ne puisse pas t'accompagner ! Je dois donner mes cours de quatorze heures à dix-sept heures. Je suis coincé ici !

Il avait l'air vraiment navré. J'eus un peu de peine. Je pensai qu'il devait avoir envie que je repousse ma visite. Mais j'avais deux objectifs, même si j'avais décidé de ne rien lui dévoiler des étranges événements qui venaient de se produire.

— Ce n'est pas grave ! Et puis, il faut bien que j'apprenne à me débrouiller un peu toute seule ! Tu ne crois pas ? À trente et un ans, c'est la moindre des choses !

Il sourit, visiblement rassuré.

— Ah ! Tu as trente et un ans ? Moi, j'en ai vingt-huit. Je ne suis professeur de latin qu'à temps partiel… car je me réserve du temps pour écrire mon roman…, finit-il par déclarer, un peu gêné. Décidément, ce garçon m'intriguait de plus en plus.

— … mais en ce moment, je remplace une collègue professeur de français, ajouta-t-il comme pour s'excuser.

— Ah bon ? Je l'incitai à continuer.

— Oui, en somme, c'est plus facile pour un prof de latin de remplacer un prof de français qu'un prof de maths ! conclu-il.

Nous éclatâmes de rire, devant l'air ahuri de la serveuse à jupette et socquettes roses, au moment où nos quiches arrivaient. Nous la remerciâmes. Elle repartit sans un sourire.

— Tiens, j'ai quelque chose à te proposer, continua Bastien. Il attendit que je lui fasse signe de poursuivre.

Si tu me retrouves à dix-sept heures à la salle des profs, je t'emmènerai dans un petit bar vraiment sympa. Je connais les deux serveuses. Elles sont vraiment bien, tu verras, suggéra-t-il.

— Et puis comme ça, tu connaîtras encore quelques personnes de plus ! Il en avait des arguments ! Je souris de bon cœur, il se démenait vraiment pour me faire plaisir. J'acceptai, lui promettant d'être à l'heure au rendez-vous, puis piquai ma fourchette dans la quiche, qui commençait déjà à refroidir. De la main gauche, j'empoignai le couteau et en coupai un bon morceau. Dans l'air s'échappait une odeur de friture et de graillon, mais les deux portes-fenêtres étaient ouvertes, ce qui atténuait ce léger désagrément. Chez Denis, je me sentais bien. Tout était d'une simplicité accueillante et réconfortante. Je sentis les yeux verts de Bastien qui scrutaient mon visage.

— Tout va bien, me demanda-t-il ?

La serveuse nous apporta notre boisson. Bastien remplit mon verre puis le sien. Nous trinquâmes.

— À ma nouvelle collègue ! tonna-t-il sans s'occuper le moins du monde des regards qui se posaient sur nous.

— À mon nouveau collègue ! répondis-je timidement. Je n'avais pas l'habitude d'être aussi démonstrative que lui. Les verres s'entrechoquèrent dans un klingeling agréable. La pluie avait cessé et le soleil pointait discrètement son nez à travers un nuage. Je pensai que cela arrangeait bien mes affaires, puisque je devais passer l'après-midi dehors.

— Ça me rappelle que je ne t'ai pas laissé mes coordonnées ! lui dis-je en plongeant mes yeux presque noirs dans le vert de ses iris.

Il me tendit une feuille carrée qu'il venait d'arracher de son bloc-notes. Je pris un Bic jaune dans la poche intérieure droite de mon blouson en jeans et marquai mon adresse et mon numéro de téléphone à l'encre noire en formant de belles lettres. Je replaçai le capuchon au bout du stylo, le rangeai dans ma poche et tendis le papier à Bastien. Il le plia en deux avec soin pour le ranger dans son portefeuille. Ensuite, nous mangeâmes chacun trois boules de glace au café. Aujourd'hui, malgré les véhémentes protestations de mon collègue, je payai l'addition. Je trouvais ça normal étant donné qu'il m'avait offert mon repas de la veille. Il put ainsi constater à quel point j'étais têtue.

Nous traversâmes pour arriver devant la grille du collège. Là, je demandai à Bastien s'il savait de quelle fenêtre Pascal Debussy avait sauté. Si ma question lui avait paru étrange, il n'en avait rien laissé paraître et répondit simplement :

— Je n'en suis pas sûr, mais il me semble que c'est de la chambre…

Cela ne m'étonna pas. Je le laissai franchir la grille, puis partis explorer la ville.

À quatre heures, je m'achetai un petit pain au chocolat en souvenir de mon enfance. Je retournai ensuite au collège. Alors que je me dirigeais vers la salle des profs, je croisai le petit homme roux, à moitié chauve. Il me demanda si tout se passait bien. Je répondis par l'affirmative. Il s'enfuit presque aussi vite que le jour de mon arrivée, ce qui me fit sourire. Je m'assis près de la fenêtre. Les jumelles discutaient entre elles de la prochaine dictée de Pivot. Je n'étais pas nulle en orthographe, mais cet homme avait le don pour me faire croire que si. Je regardai par la fenêtre. Je distinguais les employés de chez Denis qui nettoyaient un peu avant de servir les premiers repas du soir, dans environ une heure. Je sentis quelqu'un bouger derrière mon dos et me retournai. Bastien. Je ne l'avais pas entendu s'approcher. Il souriait, comme d'habitude, et je trouvai ses deux petites fossettes craquantes.

— T'es prête ? s'enquit-il avant d'ajouter : au fait, génial ton T-shirt, le dégradé de bleu, j'aime beaucoup ! Je voulais te le dire ce matin, mais…

Mais j'étais en retard, achevai-je mentalement avant de déclarer pour répondre à sa question :

— Oui oui, je suis parée !

J'espérais ainsi passer un agréable moment en sa compagnie, car, pour dire la vérité, j'étais incroyablement déçue de ne pas avoir trouvé l'inconnue. Nous passâmes devant chez moi. Il m'entraîna trois rues plus bas. La route principale faisait des ramifications perpendiculaires. Mon immeuble se trouvait dans la troisième, le bar, dans la sixième.

De l'extérieur, le Jean Valjean ne payait pas de mine : une porte de bois avec deux petites fenêtres carrées de chaque côté. Les ouvertures paraissaient à égale distance du mur et de la porte. Les carreaux étaient tellement poussiéreux que nous ne pouvions pratiquement rien distinguer à travers. Je levai la tête. Une enseigne de bois, sur laquelle, un artiste habile avait réalisé une gravure de Victor Hugo, était fixée au mur. À côté du portrait, je lus Jean Valjean en lettres enluminées. Cette pancarte me plaisait beaucoup. Elle achevait de donner à l'endroit un air pittoresque, renforcé par le fait que sa façade était en pierre.

Bastien ouvrit la porte et je le suivis à l'intérieur. Le bar était beaucoup plus grand que ce à quoi je m'attendais. C'était sans doute sa forme rectangulaire qui m'avait trompée, car, de l'extérieur, on n'en voyait que la largeur. On avait laissé les pierres apparentes. À gauche de l'entrée, presque contre le mur, à mi-longueur environ, un comptoir tout simple en bois noir était installé. Devant lui, il y avait cinq hauts tabourets rouges. Derrière lui, une immense fenêtre, d'au moins cinq mètres, rendait l'endroit plus lumineux et moins froid, ce qui faisait de cet antre de pierres un endroit plutôt chaleureux.

Un homme d'à peu près ma taille, mais avec au moins trente kilos de plus, se tenait derrière le comptoir et astiquait le bois avec un chiffon gris. À sa droite, dans l'angle de la pièce, le juke-box était silencieux. Dans l'angle opposé, à ma droite cette fois, deux blondinets jouaient au billard, en tenant comme ils le pouvaient, bière, queue et cigarette. Ils ne remarquèrent même pas notre entrée, l'esprit totalement occupé. En face de nous, le mur était recouvert de jeux vidéos. Dans la pièce, quinze tables rondes et rouges étaient disposées en zigzag. Autour de chacune, trois ou quatre chaises de la même teinte. Je trouvais que cette couleur dominante se mariait plutôt bien avec le gris des pierres.

Nous nous dirigeâmes vers le comptoir. Bastien, qui venait de me désigner du menton le barman, me glissa discrètement à l'oreille :

— C'est Gilles Bacchus, le patron. Il porte bien son nom, n'est-ce pas ?

Nous nous assîmes sur deux des cinq tabourets, et mon guide lança de sa voix fluette :

— Salut Gilles !

Ce dernier releva les yeux, car il était encore occupé à frotter le bois. Je pus l'observer plus attentivement. Complètement chauve, le visage rouge presque violacé, de petits yeux noirs qui se perdaient au fond de leurs orbites, un nez plus large que long. De chaque narine, quelques longs poils dépassaient. Une bouche aussi longue que l'espace entre les deux yeux, avec de grosses lèvres, qui auraient pu le faire passer pour un Africain s'il n'avait pas été blanc. Il était habillé d'une chemise verte à carreaux noirs et d'un jeans bleu, dans lequel il avait réussi à rentrer toute sa bedaine, tâche qui, à mon avis, lui avait demandé plusieurs années d'entraînement ! Ses manches étaient retroussées jusqu'aux coudes. L'homme sourit à Bastien, ce qui accentua encore plus fortement les rides de son triple menton.

— Bonjour l'artiste ! Alors le roman, ça avance ?

L'interpellé fit la moue en levant yeux verts et bras au ciel.

— Ooooof ! marmonna-t-il en soupirant.

— Quel enthousiasme !

Gilles tourna la tête dans ma direction et prenant le temps de me juger :

— Tu ne nous présentes pas ?

Bastien me prit par la nuque.

— Gilles — Carole, Carole — Gilles tonna-t-il d'une seule traite.

Les civilités remplies, nous prîmes un diabolo menthe que le patron nous offrit. J'attendis quelques instants que les glaçons fondent un peu. J'en profitai pour observer les tables derrière moi, en me tournant légèrement. Le bar était presque vide, à part les jeunes qui jouaient au billard. Un vieil homme tout ridé aux longs cheveux blancs, le dos courbé était assis à la table la plus proche de la fenêtre. Il bourrait sa pipe avec de longs doigts jaunis et crochus. Je n'arrivais pas à lui donner un âge précis. Devant lui, un verre rempli, peut-être de whisky. En tout cas, ça en avait la couleur. Au moment où je portais ma limonade à mes lèvres, une femme sortit d'une porte dissimulée dans la pierre. Pour cette raison, je n'y avais pas fait attention en arrivant. L'ouverture était dans l'alignement du comptoir, sur le mur des jeux vidéo. Je faillis lâcher mon verre de surprise. Je n'en croyais pas mes yeux ! La fille que j'avais passé l'après-midi à chercher se trouvait devant moi, à côté de Gilles Bacchus, de l'autre côté du comptoir. Elle glissa quelques phrases à l'oreille du patron. Je crus distinguer le mot malade. Celui-ci disparut à son tour par la porte quasi secrète. Mon inconnue prit un verre, y versa un peu de sirop de menthe, de la limonade et deux glaçons, puis vint s'asseoir à côté de Bastien qui lui fit la bise. Elle posa ses yeux sur moi, jetant un regard interrogateur au professeur.

— Fred, je te présente Carole… Carole, je te présente Fred. C'est une des deux amies dont je t'avais parlé tout à l'heure, énonça-t-il très calmement, presque au ralenti. Quant à moi, j'en eus le souffle coupé ! Je la cherchais partout, et c'était une amie de mon collègue ! Elle me sourit. Et quel sourire ! Fred était encore plus belle que dans mon souvenir. Cette fois, je pouvais l'observer en pleine lumière, à ma guise. Elle avait des yeux noisette légèrement en amande, avec de longs cils recourbés, un petit nez parfait, une bouche aux traits bien dessinés, des lèvres ni trop étroites ni trop larges, un menton carré franc et volontaire. Ses cheveux châtain foncé étaient coiffés à la sauvage. Je me demandais même si le matin, Fred ne se décoiffait pas, à l'heure où toutes les personnes de la terre, chauves mis à part, cherchaient à discipliner leurs mèches rebelles. Ce visage d'une beauté irréprochable à mes yeux, pouvait aussi bien appartenir à un homme aux traits efféminés, qu'à une femme. À vrai dire, c'était la première fois de ma vie que je voyais une personne androgyne à ce point. Son corps svelte et bronzé était musclé. Je baissai légèrement les yeux et eus bien du mal à imaginer qu'une poitrine, pouvait se dissimuler sous ce T-shirt noir pourtant relativement moulant. Je soupçonnais Fred d'aimer cette ambiguïté et de prendre un malin plaisir à en jouer. Elle se leva et vint me faire une bise. Elle dégageait une agréable odeur de vanille. Je sentis son corps puissant effleurer mes seins. Elle retourna s'asseoir près de Bastien. Je regardai ses fesses parfaitement moulées dans un pantalon de cuir noir. Bastien croisa mon regard et me lança des yeux étonnés. Je lui souris en haussant les épaules. J'avais envie de lui déclarer : ben oui, quoi ? J'aime bien son cul ! Au lieu de cela, je terminai de boire mon diabolo. Cette fois, tous les glaçons avaient fondu.

Gilles Bacchus revint et à mon grand regret, Fred disparut à nouveau dans les profondeurs du mur. Un petit moment après, nous prîmes congé, et Bastien me raccompagna jusque devant la porte de mon immeuble. Je lui proposai de monter, mais il refusa poliment, tout en s'excusant. Il m'expliqua qu'il avait un rendez-vous à dix-huit heures trente. Je ne lui demandai aucun éclaircissement. Tout le monde avait le droit de garder un petit jardin secret, même une personne aussi attachante que cet homme aux yeux verts. Nous nous fîmes un signe de la main puis il disparut à l'angle de la rue.

Dans le hall, la feuille de papier à carreaux n'était plus sur la porte de l'ascenseur. Celui-ci avait donc été réparé. Bien… J'appuyai sur le bouton. La porte s'ouvrit. Je pénétrai dans la cabine. Elle se referma. Tout en m'élevant vers le quatrième étage, il me semblait percevoir dans l'air une légère odeur de vanille. Bizarre…

Comme à son habitude, Bastet me fit la fête. Je me déchaussai et m'installai sur le clic-clac. Avant qu'elle n'ait eu le temps de venir sur mes genoux, j'étais déjà debout. Je venais soudainement de repenser à ces lettres. J'allai les chercher. Je retournai au salon, la liasse de feuillets argentés dans la main gauche. Cette fois, la chatte se mit en boule sur mes genoux. La première datait de quatre mois :

Reste tranquille

Le jeu est

Dan-ge-reux

Imbécile !

J'en lus plusieurs autres. Le professeur en avait pratiquement reçu une tous les deux jours ! Ce qui faisait plus de cinquante menaces poétiques…

L'avenir peut se lire dans les cartes,

Mais la vie n'est pas un jeu !

Si tu ne comprends pas l'enjeu,

Il vaut mieux que je t'abatte…

Je fermai les yeux. C'était fou ! Je devais avoir une odeur de vanille dans les narines, parce que… Je me massai la nuque. Bastet ronronnait. Au moment où je retirais les doigts de mon cou, il me sembla y sentir un souffle chaud ! D'horreur, j'ouvris brutalement les paupières et me retournai. Il n'y avait pas âme qui vive, bien sûr ! J'avais le dos calé contre mon canapé. Il se trouvait contre le mur. Ma porte et toutes les fenêtres étaient fermées. Personne de vivant ne pouvait se trouver auprès de moi. De vivant ! J'avais failli hurler. Mes pensées étaient effrayantes. Ces lettres avaient vraiment une influence négative sur moi. Je me levai. Bastet me regardait, la tête légèrement penchée sur le côté droit. Qu'elle était mignonne ! J'allai à la cuisine, pris un gros saladier en verre dans le placard du bas, refermai la porte, en saisissant au passage la boîte d'allumettes.

De retour dans le salon, je déposai la moitié des lettres au fond du récipient. J'empoignai la boîte dans la main droite, tenant une allumette dans la gauche. D'un frottement vif, j'enflammai le petit bâtonnet. La grande flamme jaune m'hypnotisa un instant. Je l'approchai du papier. Je soufflai brusquement dessus pour l'éteindre. Je ne pouvais pas faire ça ! Ces lettres ne m'appartenaient pas et elles pourraient servir de pièce à conviction en cas d'une nouvelle enquête de police. Je les retirai précipitamment du récipient et courus les ranger à leur place, dans le tiroir que je n'aurais jamais dû ouvrir. Soulagée, je commençais à reprendre des couleurs. Cette histoire allait me rendre folle !

Je dînai rapidement d'une boîte de sardines sauce moutarde et d'un yaourt. Je bus une tasse de café en regardant les Simpsons à la télé. J'adorais ces petits personnages jaunes. Je les trouvais attachants. Laurent, un peu trop cartésien pour moi peut-être, me le reprochait souvent : « *Ce n'est plus de ton âge !* » Un jour, excédée, je lui avais même demandé l'âge limite d'après lui, pour regarder des dessins animés. Comme il n'avait jamais eu beaucoup d'humour, la discussion s'était rapidement envenimée et il m'avait fait la tête pendant trois jours. Pour une fois que nous passions un peu de temps ensemble ! La série terminée, je ne trouvai rien d'intéressant et j'écrivis à Sylvie pour lui raconter tous les événements de la journée. Je mis le tout dans une enveloppe, y collai le timbre. Je me demandais ce qu'elle allait penser des lettres. J'espérais qu'elle allait trouver quelque chose pour me réconforter et qu'elle ne serait pas trop effrayée.

Je pris un deuxième café, puis avant d'aller me coucher, je baissai les stores. Plus j'approchais de la fenêtre de la chambre, plus une certaine appréhension me tenaillait le ventre. Pourtant aucune vision ne vint troubler mes préparatifs.

Je regardai droit devant moi. Les stores de Fred étaient encore ouverts. Aucune lumière ne filtrait. Normal, elle devait travailler au Jean Valjean jusqu'à minuit. Il n'était que vingt et une heures trente. Je fermai puis me dévêtis. Je me calai sous la couverture. Moins de deux heures plus tard, je m'éveillai en sursaut. Je transpirais à grosses gouttes et ma mèche collait à mon front. Je venais de faire un cauchemar, mais il ne m'en restait qu'un vague souvenir. Je me rappelais simplement que quelqu'un m'appelait au secours. Je passai une main sur mes yeux et les frottai. Je n'arrivais pas à dissiper ce sentiment de malaise au fond de moi. J'éprouvai soudain le besoin de prendre l'air. Je me levai et remis les mêmes vêtements. Dehors je marchai et réfléchis, repassant dans ma tête le film de ces quatre jours.

Quatre jours seulement ! Lorsque je pris conscience de ma position, je me trouvais devant la porte du Jean Valjean. Dans la nuit, on distinguait à peine l'enseigne de bois. Un lampadaire, à trois mètres de là, apportait tout de même un peu de lumière. Je me demandais comment les noctambules pouvaient être attirés par cet endroit : ni néons, ni éclairage, ni… propreté ! Je pensais que ce bar devait être bien vide à cette heure de la nuit, mais je me trompais !

Quand j'entrai, je ne pus trouver aucune place assise. Le café était bondé de monde, surtout des quarante-soixante ans en jeans t-shirts. Je m'approchai du comptoir. Fred remplaçait Gilles. Elle ne prêta pas vraiment attention à moi. Elle me sourit cependant, mais pas davantage qu'aux autres. Déçue, mais compréhensive, je commandai tout de même une bière et m'accoudai. La fumée emplissait la pièce et mes yeux s'en accommodaient très mal. Ils commençaient à s'humidifier, prêts à lâcher quelques larmes pour lutter contre cette irritation. Le juke-box jouait de la musique rock. Je trouvai le niveau sonore un peu trop élevé.

La femme qui était assise sur le tabouret le plus à ma gauche se leva et sortit en nous adressant un signe de la main. Je pris sa place. Fred posa une chope devant moi.

— Ça va ? me lança la barman-serveuse sans lâcher un plateau rempli.

— Ça peut aller, sauf que je n'arrive pas à dormir. Elle rit.

— Tu devrais prendre quelque chose de plus fort, alors ! répliqua-t-elle d'un air convaincu. Elle emporta son plateau, déposa son contenu, sauta derrière le comptoir, empoigna un chiffon, astiqua un verre, prépara un cocktail au shaker. J'admirai sa technique. Je voyais ses muscles se contracter, puis se relâcher. Elle remplit une coupe qu'elle plaça devant un homme fumant le cigare. Elle revint en face de moi.

— Alors tu fais quoi dans la vie ? demanda-t-elle curieuse, en allumant une cigarette avec une allumette sortie de je ne sais où.

— Je suis une collègue de Bastien. Cela eut l'air de l'intéresser. Elle cessa de remuer et plongea ses yeux ténébreux dans les miens. Je poursuivis, légèrement troublée… Je remplace Pascal Debussy, le prof de musique. Je décelai un changement éphémère dans ses prunelles, puis plus rien. Je me demandais même si je ne l'avais pas rêvé. Elle changea de place pour tirer une bière sans mousse. J'avais toujours pensé qu'il était dommage de l'enlever. Je trouvais si agréable la sensation de cette substance contre mes lèvres !

— Excuse-moi… le boulot ! bredouilla-t-elle, entre deux bouffées de cigarette.

Elle repartit presque aussitôt pour servir deux tables près des jeux vidéos. Un homme, les cheveux en bataille, sortit du mur, comme l'avait fait l'amie de Bastien il y avait quelques heures. Je ne pouvais pas savoir ce qui s'était passé de l'autre côté, mais il avait l'air très en colère. Il claqua violemment la porte. Fred, qui visiblement, s'amusait de la scène, s'approcha de la porte secrète. Je me retournai et plongeai dans ma bière. Je fermai les yeux. Brusquement, quelqu'un me boucha les yeux avec ses mains. Odeur de vanille… Ça devait être elle ! Je sentais sa poitrine appuyée contre mon dos.

— Devine qui c'est ?

Je ne répondis pas. La pression sur mes paupières se relâcha. Fred reprit sa place derrière le comptoir. J'avais deviné juste.

— Tu n'es pas fâchée, au moins ?

La meilleure réponse que je trouvai fut un sourire. Son air inquiet disparut. Elle souffla, soulagée.

— Alors comme ça, tu remplaces Pascal ?

Son visage se rembrunit.

— C'était un ami, sa mort m'a profondément touchée. Il était simple, toujours très gentil.

Elle avait les yeux perdus dans ses souvenirs.

— Il passait tous les jours pour discuter un peu. Je me demande si son fils est allé à l'enterrement…

Je sursautai, lui coupant la parole.

— Ah bon, il avait un fils ?

— Nicolas. Lui et son père étaient fâchés depuis cinq ans. Ils s'ignoraient purement et simplement. Mes yeux interrogateurs la suppliaient pour avoir des précisions.

— Je ne sais pas pourquoi ils se faisaient la gueule. Ce n'était vraiment pas leur genre. Nicolas est venu m'annoncer la mort de son père. Il était effondré. Je pense qu'il aurait aimé faire la paix avec lui avant qu'il ne… enfin… Il avait peur de l'avoir poussé au suicide…

Je faillis lui parler des lettres, mais quelque chose d'inconscient m'en empêcha.

— Je crois que tu devrais arriver à dormir maintenant ! m'ordonna-t-elle en scrutant sans cesse la porte dissimulée. J'écoutai ses conseils. Je pris congé en lui faisant une dernière bise. Je promis de revenir. Je me couchai, le chat en boule à mes pieds.

IV

Il faisait encore sombre dans la chambre. Le réveil à la sonnerie si bruyante m'indiquait quatre heures et demie. Je bougeai les pieds et étirai les bras dans une vaine tentative pour effleurer le chat. Rien ! Pas de Bastet ! J'avais certainement dû avoir un sommeil trop agité et la chatte était allée dormir ailleurs. Soudain, je sentis sur ma peau nue un léger souffle. J'eus l'impression que quelqu'un me regardait avec insistance. On aurait dit qu'on me dévorait des yeux et que quelqu'un était sur le point de me violer. Les pensées se bousculaient dans ma tête : Bastien, Fred, Gilles, le cadavre de Debussy. Tout à coup, je vis briller deux yeux dans le noir ! J'ouvris la bouche, mais ma gorge, trop nouée n'émit pas le moindre son. J'allumai précipitamment. Rien. La pièce déserte imposait son silence. Je tournai la tête dans toutes les directions, tirant sur mon cou au point de me faire mal, puis la laissai retomber lourdement sur l'oreiller. Je n'avais distingué personne, mais cette sensation de malaise ne s'était pas dissipée.

J'enfilai un long T-shirt rouge sang et allai au salon. La fenêtre ouverte laissait les rideaux flotter au vent. Il me semblait pourtant bien l'avoir fermée… Je devais être trop fatiguée. Pourtant, le malaise pesant m'inquiétait encore. Le poil de Bastet, assise devant la porte du couloir, était hérissé. Étrange…

J'approchai une main tremblante, la caressant pour tenter de la rassurer, mais j'avais trop peur moi-même. Mon cœur s'était encore accéléré. J'entendais sa course folle et percevais le sang battant mes tempes. Du pied, j'écartai le chat. Je posai ma main gauche sur la poignée de la porte. Je sentais les gouttes de sueur s'accumuler entre ma peau et l'acier. Je resserrai un peu plus la pression. Le couloir était vide ! Je poussai un ouf de soulagement. J'approchai de la porte d'entrée. J'essayai d'ouvrir, mais elle tint bon. Encore sous le choc, j'allai à la cuisine et bus un café brûlant. Je me lavai et m'habillai. D'après moi, ces événements devenaient trop étranges pour n'être que de simples coïncidences. J'enfilai mon blouson et sortis.

Il faisait nuit. De la pluie fine et froide tombait des nuages sombres. Je réprimai un frisson. À vrai dire, je ne me sentais pas plus en sécurité dehors à cette heure, que dans mon appartement, que je commençais à croire hanté par le fantôme de Debussy. Les voitures étaient rares, le silence inquiétant, aucun endroit n'était encore ouvert. Je ne savais pas trop quoi faire. Je pensais à Laurent, le cartésien. J'étais sûre que lui, il rirait de toute cette histoire. Pas moi. Je trouvais Montbéliard de plus en plus sinistre. Une envie subite de faire mes bagages et de m'enfuir par le train me prit. Je respirai, puis finalement, au lieu de rester comme une idiote, seule sous la pluie, je décidai de retourner chez Debussy, mais, plus question pour moi de dormir.

Sur le chemin du retour, battant des semelles sur les pavés trempés et glissants, je réfléchis. Il ne me semblait pas que les fantômes puissent ouvrir les fenêtres, et, de toute façon, ils n'avaient pas besoin de le faire, puisqu'ils pouvaient aisément passer à travers. Bastet m'attendait, son poil redevenu normal. Je lui offris le câlin qu'elle espérait, puis me refis du café. Je trouvais que j'en buvais un peu trop. Cela devenait pire qu'une drogue ! Je pris un livre au hasard dans la bibliothèque : Le Diable et Le Bon Dieu de Jean-Paul Sartre… Tiens donc ! Je me concentrai sur la lecture pour faire le vide et oublier momentanément le corbeau. Quand je terminai, un bref coup d'œil à ma montre m'indiqua qu'il était sept heures passées de quelques minutes. Parfait ! J'avais le temps d'aller prendre mon petit déjeuner chez Denis.

Au-dehors, l'air frais m'aida à recouvrer mes esprits. À la lumière du jour, tout paraissait beaucoup moins inquiétant ! Ma frayeur nocturne me fit rire. Avec le dépaysement, c'était normal de faire des cauchemars. Quant à la fenêtre, j'avais très bien pu oublier de la fermer. J'eus un frisson et remontai la fermeture de mon blouson jusqu'à mon cou. Brrr… Le froid automnal était particulièrement virulent par ici ! L'air dégageait l'odeur bien particulière d'une ville inondée de pluie. Une légère brume flottait et semblait habiller le ciel d'un manteau cotonneux.

Chez Denis, les serveurs s'affairaient pour satisfaire les clients souvent grincheux : mauvais temps ou heure trop peu avancée ? J'avais énormément de mal à m'habituer à leur tenue rose. Cela me faisait penser à Barbara Cartland. Je m'assis à une table de laquelle le collège était visible. Je commandai un grand café noir bien chaud et quatre croissants. La nuit écourtée m'avait affamée ! Ils arrivèrent dans un panier en osier apporté par une charmante serveuse qui avait le sourire. L'air embaumait les viennoiseries chaudes. Une douzaine ne m'aurait pas fait peur. Le manque de sommeil m'avait mis l'estomac dans les talons. Je commençai à manger en attendant mon café. Ce n'était pas le premier, mais il me fit le même effet quand je le bus d'un trait en fermant les yeux. J'en commandai un autre, commençant à me sentir mieux. Rien de tel que cet excitant pour me détendre !

Je me dirigeai directement vers le collège, n'ayant aucune envie de côtoyer mes collègues. Même si mes craintes nocturnes étaient momentanément dissipées, je n'avais pas assez dormi. Je savais que dans ces cas-là, je n'étais pas de très bonne humeur. Je préférais éviter les conflits. Cinq minutes plus tard, j'étais assise derrière mon bureau en attendant les élèves. J'allai écrire la date du jour sur le grand tableau noir, histoire de m'occuper, puis jetai un rapide coup d'œil à la liste. Dans ma tête, je répétai les noms que j'estimais difficiles à prononcer. Ainsi, j'espérais les écorcher le moins possible. Schzleschzky... pas évident ! Je les entendais déjà se moquer... Souvent, les rires occasionnés lors du premier appel établissaient un contact favorable entre le professeur et ses élèves. L'atmosphère devenait moins hostile. J'allai ouvrir la porte, car les élèves attendaient derrière. Ils avaient l'air surpris de me voir, s'attendant sans doute à ce que j'arrive par le couloir.

— Bonjour ! Asseyez-vous dans le calme. Je suis mademoiselle Dalles. Je remplace monsieur Debussy, annonçai-je d'une voix ferme en esquissant tout de même un sourire. Ce n'était pas le moment qu'ils se braquent contre moi. J'inscrivis mon nom sur le tableau. Le reste de la matinée se passa sans incident notoire. Je savais que Bastien n'avait pas cours aujourd'hui et qu'il était à la bibliothèque, cherchant des précisions pour son roman. Je décidai donc de rentrer chez moi. Je mis de l'eau à chauffer dans une petite casserole, hésitant entre cuire des pâtes ou du riz. J'optai pour la première solution : pâtes au fromage et jus de pommes, avec, pour conclure ce festin, de la compote de poires et un bon café.

Après la vaisselle, je jouai avec Bastet. Assise sur mon canapé, je remuais ma main de droite à gauche et elle essayait de l'attraper avec ses pattes. Je ne pourrais pas dire laquelle des deux s'amusait le plus. Puis, comme j'étais fatiguée, je m'endormis, Bastet à mes côtés.

Je m'éveillai vers seize heures. La brume, présente depuis le matin, s'était enfin dissipée. Elle laissait filtrer les rayons d'un soleil timide. Je m'étirai en bâillant bruyamment. La chatte vint se blottir contre mon cou. Je l'aimais bien et m'y étais vraiment attachée. Cela me ferait mal, si quelqu'un, proche de Debussy, venait la chercher. Elle me manquerait comme un bout de moi. C'est vrai, cet animal fidèle était toujours là lorsque je rentrais, pas comme Laurent ! Bastet me réconfortait et comblait le manque affectif que j'avais en moi. J'aurais bien voulu la garder toute ma vie. Je me levai et allai à la salle de bain. Je fis pipi et tirai la chasse quatre fois. Je me demandais si elle pourrait tenir jusqu'à mon départ ! Je passai un gant de toilette humide sur ma figure pour achever de me réveiller, puis me redonnai un coup de peigne. Voilà, j'étais prête à partir, mais pour aller où ?

L'envie me prit de faire un tour à la bibliothèque pour emprunter quelques livres. Les programmes de télévision étaient si passionnants… Je sortis. J'avais de la chance d'avoir un arrêt de bus juste en face de chez moi. En plus, la ligne était directe jusqu'à la bibliothèque. Impeccable ! Heureusement que Bastien m'avait laissé son guide des bus. Il n'en avait plus besoin : depuis janvier, il possédait le permis. Mieux vaut tard que jamais !

L'endroit était classique et manquait, à mon goût, cruellement de chaleur. Je ne l'aimais pas. Celle de Conques était beaucoup plus accueillante ! Je pris trois livres, un peu au hasard, dans le rayon romans policiers. Il me tardait de sortir d'ici. Je ne voyais Bastien nulle part. J'allai vers la bibliothécaire. Celle-ci me demanda les huit euros nécessaires à l'établissement d'une carte. Si je voulais emprunter, celle-ci était obligatoire. Je fouillai dans ma poche à la recherche des quelques pièces. Elle désira savoir mes nom, prénom et date de naissance et moins de dix minutes plus tard, j'avais dans la main, un sachet plastique rempli de livres et une carte toute neuve.

Je repris le bus et déposai les ouvrages sur la petite table de la cuisine. Tremblante de froid, je me réchauffai un café noir. Bientôt dix-huit heures… Quant à moi, je n'avais aucune envie de lire ni de regarder la télévision. Je m'assis sur le canapé, me contentant de réfléchir, tout en caressant le chat. Un brillant professeur, heureux de vivre, il y avait encore quelques semaines, dormait maintenant à quelques mètres sous la terre. Ce qui me fit penser que j'ignorais où se trouvait le cimetière. Je remis cette recherche à plus tard : il pleuvait et le soleil commençait à disparaître. Bastien pourrait sûrement me renseigner. Après tout, j'avais bien le droit d'aller dire un petit bonjour à l'homme qui m'avait laissé sa place. Je prévus d'aller lui rendre visite le lendemain après les cours, histoire de savoir à quoi ressemblait son nouveau logis.

Mon collègue avait donc reçu, jusqu'à sa mort, des lettres anonymes qui le menaçaient clairement. Elles avaient d'une manière ou d'une autre, joué un rôle majeur dans la vie (et la mort) du professeur. Si celui-ci s'était suicidé, il l'avait fait, soit parce que le secret devenait trop dur à porter pour lui — mais là encore, de quoi s'agissait-il ? — soit parce qu'il avait craqué devant les menaces de mort. J'imaginais assez facilement qu'à sa place, je n'aurais pas tenu le coup. Je me serais sans doute plainte à la police. Son terrible secret l'avait-il empêché de le faire ? Une autre solution me venait en tête. Si Debussy n'avait pas sauté de son plein gré ? Si quelqu'un l'avait poussé ? Dans ce cas-là, il ne s'agirait plus d'un suicide, mais bel et bien d'un homicide ! Et le meurtrier se trouvait toujours en liberté…

Je devais me méfier. Si je me mêlais un peu trop de ses affaires, celui-ci pourrait s'en prendre à moi. Songeuse, je repensais à la fenêtre ouverte la nuit dernière, à mes visions du professeur, et à tous mes cauchemars. D'une certaine façon, je préférais cette dernière explication. J'aurais moins de mal à me défendre contre un homme en chair et en os. Si c'était un fantôme qui me pourchassait, comment lui faire face ? Je devais prendre mes précautions jusqu'à ce que je sois sûre qu'il avait volontairement sauté, ou que l'auteur de ce geste machiavélique était derrière les barreaux. Je vérifierai soigneusement la fermeture des fenêtres et des volets avant de dormir. J'étais au quatrième étage. Il n'allait quand même pas escalader la façade ! Il me faudrait trouver un système qui fasse du bruit, et si possible beaucoup, quand on ouvre la porte. J'allais même porter un pyjama au cas où ? Il fallait que j'en achète un. En attendant, un t-shirt ferait l'affaire. Je retournai dans la chambre. Je pris dans le tiroir, les lettres que j'avais failli brûler. Je les regardai à nouveau. D'abord le papier : il n'était pas commun. Des feuilles argentées ! Je chercherai qui les vend dans les environs. Évidemment, le vendeur ne me dira jamais qui sont ses clients : secret professionnel ! Je n'avais aucun droit de demander ces renseignements, car je n'étais pas policier. Je devrai sans doute improviser. J'avais toujours su me débrouiller. Les lettres avaient été imprimées, mais presque tout le monde possède un ordinateur à présent et il est très facile d'en emprunter un. Les rimes… Un poète ? Trop facile ! Pourquoi le maître chanteur utilisait-il des rimes ? Sans doute appréciait-il énormément le jeu, et la partie de cache-cache qu'il avait entamée avec Debussy, le faisait exulter au plus haut point. Je m'emballais peut-être un peu vite, mais, même s'il n'y avait pas eu meurtre, il y avait eu menaces, et les lettres que je possédais en étaient la preuve. Je trouvais que la police avait un peu trop vite bouclé l'affaire. Les inspecteurs auraient pu, au minimum, effectuer une petite fouille ! Ils auraient trouvé les lettres et l'enquête aurait été approfondie ! Je les remis à leur place et décidai d'aller boire un verre au bar. J'espérais que Fred y serait. Après un brin de toilette, je pris mes clés et mon blouson que j'enfilai dans l'ascenseur.

L'air humide me brûlait la gorge et le nez. Il pleuvait encore. Ce n'était désormais qu'un fin crachin, mais sans en avoir l'air, vous imprégnait doucement jusqu'aux os. Je remontai ma fermeture éclair jusqu'au menton. Heureusement que mes cheveux étaient attachés, parce que le vent soufflait plus fort que je ne l'aurais cru. Mes chaussures lançaient un floc sourd à chacun de mes pas sur le trottoir détrempé. Cinq minutes me suffirent pour atteindre la porte du bar, mais je les trouvai plus longues que la dernière fois.

La fumée acheva de m'irriter les yeux. Je toussai, cherchant de l'air. La pièce était plongée dans la brume des cigarettes, mais je commençais à m'accoutumer tout doucement. Le froid glacial de l'extérieur empêchait l'ouverture des fenêtres et la ventilation devait être en panne… À moins que cette ambiance ne soit volontaire ? Je jetai un coup d'œil au Juke-box sur ma gauche. Il jouait un vieux rock des années soixante. À droite, quatre hommes débutaient une partie de billard en fumant comme des pompiers. Je reconnaissais certains visages et commençais à cataloguer les habitués. Le vieil homme aux cheveux blancs bourrait son éternelle pipe avec ses doigts jaunis par les années et le tabac, son verre de Whisky posé sur sa table. Je me demandais s'il lui arrivait d'y tremper les lèvres.

Je me dirigeai vers le comptoir. Gilles Bacchus, me salua d'une boutade sur l'épaule, sans lâcher le verre qu'il tenait dans l'autre main. Son visage rougeaud laissait perler des gouttes de sueur. Son embonpoint devait lui tenir chaud ! Son triple menton remuait un peu comme un flan, pendant que ses grosses mains essuyaient les verres avec un chiffon gris. Il en leva un, pour traquer la moindre tache avec ses yeux noirs. Sa chemise à carreaux, verte hier, était rouge désormais. Je m'assis sur un des hauts tabourets. Le cuir de mon pantalon noir collait à celui des sièges. Je commandai un coca tout en cherchant Fred des yeux. Elle desservait une table à proximité des jeux vidéo. Nous étions habillées de la même façon, coïncidence qui me fit sourire. Je commençais à comprendre pourquoi cette fille me plaisait autant. Je crois qu'elle était le portrait type de celle que j'aurais aimé être. Le coca faisait des bulles devant mon nez. Les glaçons tintèrent quand j'approchai le verre de mes lèvres. Tout en savourant la première gorgée, la meilleure, je pensais que j'étais encore en train d'ingurgiter de la caféine !

Fred, un plateau à la main, et cigarette à la bouche, plaça des verres dans le lave-vaisselle situé derrière le comptoir. Levant la tête, elle m'aperçut et vint m'embrasser. Impossible aujourd'hui de sentir sa délicate odeur de vanille.

— Salut Carole ! Bastien t'a lâchée ?

Elle me demanda cela en m'adressant un clin d'œil.

— On n'est pas mariés, il fait ce qu'il veut ! Je tournais en rond chez moi et je suis passée faire un tour. Elle me regarda de la tête aux pieds avant de déclarer, avec ses yeux ténébreux plongeant au fond des miens :

— Tu as bien fait ! Eh… Dis donc… Tu m'as piqué mes fringues ! me reprocha-t-elle en éclatant de rire.

— Je n'en avais plus à me mettre ! répliquai-je sur le même ton.

Il y avait deux jours, je rêvais de devenir son amie. C'était apparemment chose faite. Nous étions sur la même longueur d'onde.

— Tu vis toujours chez Debussy ? s'enquit-elle en changeant brutalement de sujet et en redevenant sérieuse.

— Oui, pourquoi ?

Je me demandais si elle savait quelque chose au sujet des derniers événements.

— Comme ça… J'habite en face, ajouta-t-elle simplement.

Je faillis lui lâcher ah ça, je sais !, mais me retins. Elle poursuivit :

— Nous pourrions nous voir en dehors du boulot.

Elle ne me laissa pas le temps de répondre. Elle apportait un autre whisky au vieil homme. Tout compte fait, il les trempait ses lèvres ! Fred revint à mes côtés. Je repris :

— J'ai rangé les affaires de Debussy dans mon débarras en attendant que quelqu'un vienne les reprendre. Elle me sourit et se gratta une épaule.

— Eh bien tu vas attendre longtemps ! Il était divorcé et à ma connaissance, il n'avait personne dans sa vie, à part son fils, et comme ils étaient en froid…

Fred prit, sur le comptoir, les cocktails qu'elle venait de préparer et alla servir un jeune couple. Quant à moi, je pensais que s'il m'arrivait quelque chose, mes affaires iraient sans doute rejoindre celles de Debussy. Je me demandais si les affaires personnelles d'un mort pouvaient contenir une partie de son âme. Fred revint et me frôla le dos. Je préférais penser que ce geste était involontaire. Elle ne me regarda pas, prit un autre cocktail puis repartit. J'entendis éternuer bruyamment, malgré le juke-box et Jailhouse Rock. Je tournai la tête du côté de la porte. Un jeune homme venait d'entrer. Il vint serrer la main de Gilles, qui lui lança un « *salut Nicolas* » tonitruant. Le nouveau nommé me fit un signe du menton et vint s'asseoir à mes côtés.

Des cheveux blonds réunis en queue de cheval, tombant plus bas que ses fesses, encadraient son visage d'adolescent. À cause du Wisky qu'il tenait dans ses mains, je l'imaginais majeur, mais pas depuis longtemps. Sa grande taille l'obligeait à se baisser à chaque encablure de porte. Des santiags allongeaient un peu plus ses pieds immenses. Son jeans bleu délavé était bardé de trous et de franges. Son ceinturon représentait un ange. Il portait un T-shirt écru moulant. Une pomme d'Adam proéminente redonnait un peu de virilité à ce visage de poupon d'un ovale parfait. Une bouche bien dessinée, presque celle d'une femme, cachait des dents d'une blancheur idéale. Deux yeux gris bleu encadraient un petit nez en trompette. Évidemment, aucun poil de barbe ! Je me demandais si cette peau si délicate était déjà rentrée en contact avec une lame de rasoir. Il voulut savoir si je désirais quelque chose. J'hésitai. Il devança ma réponse.

— La même chose pour mademoiselle, s'il te plaît Gilles !

— Merci…

Je lui souris timidement. Je ne savais pas si je devais lui dire Monsieur ou Nicolas, le tutoyer ou le vouvoyer. Heureusement, il poursuivit :

— Tu buvais quoi ?

— Un coca

— Ah… et tu t'appelles ?

— Carole

— Parfait ! Il dit ça d'un sourire satisfait et porta son verre à ses lèvres. Quant à moi, je me demandais ce que signifiait sa dernière réplique ! Fred revint, avec un plateau chargé de verres.

— La même chose pour les fanas du billard !

Pendant que Gilles s'exécutait, elle s'approcha de nous.

— Hé ! Salut Nico ! Je croyais que tu t'étais fait assommer par un projecteur ! On ne te voyait plus…

— On est parti à Lille, avec la troupe. On a fait une semaine de représentations. Et puis, j'avais besoin de faire le point, après tous ces chamboulements dans ma vie.

Je me sentais étrangère à la conversation. J'hésitais entre y prêter une oreille attentive ou feindre de l'ignorer. J'entamai mon deuxième coca. Je pensais à papa. Fred me jeta un coup d'œil.

— Carole ? Ça va ? Tu m'as l'air bien triste !

Je plongeai mon regard dans ses beaux yeux sombres. Je pris conscience que je devais rêvasser depuis un petit moment déjà, car elle avait l'air vraiment inquiète. Pour une fois que quelqu'un se préoccupait de moi !

— Ça va… c'est juste que…

J'hésitais à lui parler… et puis il y avait cet inconnu…

— C'est juste que… Décidemment, les mots ne venaient pas. Nicolas se décala d'un tabouret et Fred vint s'asseoir près de moi. Je lâchai :

— Cela fait vingt-cinq ans aujourd'hui que mon père et mort et… ma voix, sous le coup de l'émotion, chavira légèrement. Des larmes étaient sur le point de couler sur mes joues. Elle passa un bras derrière mes épaules. Je me sentais seule. Je n'avais qu'une envie : fuir en courant, retourner chez moi et pleurer en paix.

Gilles déposa un verre dont j'ignorai le contenu devant moi et m'ordonna de le boire. Je m'exécutai, comme un automate. Le breuvage alcoolisé me fit grimacer par manque d'habitude, mais je me sentais déjà mieux. Fred me demanda d'une voix très douce si papa et moi étions proches. Son bras m'entourait toujours d'un air protecteur.

— Il est mort lorsque j'avais six ans. Je ne l'ai donc pas connu longtemps. Il était beau. Tous les soirs, quand il rentrait de l'école, avant de regarder les cahiers de ses élèves, je grimpais sur la balançoire et il me poussait très fort. Le dimanche, on allait se promener tous les deux. Il disait que c'était bon pour la santé. On se roulait dans l'herbe, on jouait à cache-cache. Avant de dormir, il s'asseyait au bord de mon lit et je lui racontais mes petits malheurs. Ensuite, il me lisait une histoire. J'étais heureuse.

Je rebus un verre, qui était réapparu comme par miracle, cul sec.

— Il me manque.

Je ne dis plus rien. Au bout de cinq minutes, c'est Nicolas qui déversa sa peine. Fred passa son autre bras derrière lui.

— T'as de la chance ! Moi, mon vieux, il s'est toujours foutu de savoir ce que je faisais et ce qui se passait ! Tout ce qui comptait, c'était son putain de job et sa vie de richard ! Le môme, on s'en fout ! Il ne m'a jamais aimé. Je me demande même s'il a aimé quelqu'un durant sa vie. Ma mère ? Même pas ! Ils étaient mariés depuis un an, qu'il la faisait déjà cocue. Maman l'aimait, elle ! C'est de sa faute si elle s'est pendue ! Putain, si vous aviez vu son visage violet et ses yeux qui sortaient de leurs orbites ! Oui, tout ça à cause de ce connard qui ne se contentait plus de la faire cocue ! Non ! Tu penses ! Il voulait divorcer ! Divorcer ! Ben ouais ! Ils ont divorcé et maman…

Je me sentais mal à l'aise. Fred ne disait rien. Elle se contentait de garder ses bras autour de nos épaules. Soudain, Nicolas sortit en courant et claqua la porte. La serveuse me prit dans ses bras. Elle fit un petit signe du menton à Gilles. Il répondit. Elle me demanda :

— Ça va aller, toi ? T'en fais pas pour lui. Ça va passer. Je le connais bien. Il va dormir et demain matin, il se lèvera comme si de rien n'était. OK ?

Sans attendre ma réponse, elle poursuivit :

— Il y a eu pas mal de bouleversements dans sa vie ces deniers temps. Et puis, il revient de tournée. Le métier d'artiste n'est pas de tout repos. Il est très fatigué. Ne t'inquiète pas ! Ses yeux noisettes scrutaient ma réaction. Rien ne bougeait. J'étais amorphe. L'épuisement me gagnait moi aussi. Fred ne m'avait pas convaincue. Elle prit ma main :

— Viens ! On va dîner !

J'ouvris la bouche pour répliquer que je n'avais pas faim et que je préférais rentrer, mais je la refermai sans émettre le moindre son. Elle m'entraînait déjà vers l'extérieur. Je sentais que cela ne servirait à rien de riposter. Je pensai que, de toute façon, cela me ferait du bien de sortir un peu. L'antre de Debussy commençait à avoir un effet néfaste sur moi. Je ne me rappelais pas avoir pleuré un jour anniversaire de la mort de papa. Je croyais aux anges, et j'étais sûre qu'il veillait sur moi. Alors, pourquoi avoir craqué aujourd'hui ?

Comme deux jumelles à en croire nos vêtements, nous entrâmes dans un joli petit restaurant rustique : six tables seulement. Des chandelles reposaient sur chacune d'elles. Je m'y sentis immédiatement à l'aise. Le bois, majoritaire, y apportait de la chaleur. Un feu brûlait dans une grande cheminée de pierre. Ma main était blottie dans celle de Fred, mais personne ne semblait s'en soucier. J'avais l'impression de me retrouver avec la sœur dont j'avais toujours rêvé. À regret, pour m'asseoir en face d'elle, je dus lâcher mon amie. Les menus ressemblaient à ces vieux grimoires qui ont l'air trop vieux pour être encore de ce monde. Chaque lettre ornementée à la main avait dû demander un temps incroyable. Je ne comprenais pas la signification des métaphores qui s'affichaient devant mes yeux. J'avais l'impression de me retrouver à une autre époque. Rien ne m'était hostile. À vrai dire, sans savoir vraiment pourquoi, cet endroit me rassurait. Un serveur en costume sombre, si discret que je ne l'avais même pas remarqué, vint prendre les commandes. Je suivis les choix de Fred pour ne pas avoir de mauvaises surprises.

Nous gardions le silence. Je me sentais bizarre, mais j'imputai ceci à l'alcool. Les mets arrivèrent, recouverts de cloches d'argent véritable à en croire mon amie. Les serveurs les retirèrent pour nous laisser admirer la présentation de ce festin. Fred commença à manger. Je me risquai. Sans arriver à nommer cette viande, au goût si fin, je la trouvai excellente. Les pommes de terre l'accompagnaient divinement. Tous mes problèmes semblaient se dissiper dans le fumet de ce repas.

J'observais Fred. Elle avait de la grâce même en mangeant ! Elle me sourit, je soupirai.

— Ça va ?

— Oui.

Ca allait mieux. Pour tout dire, je me sentais même bien, et mieux qu'à mon arrivée : quatre jours, une éternité !

— Demain, quand tu en auras fini avec tes élèves, viens chez moi. En face de chez toi, au quatrième. On ira se promener si tu veux. Je ne travaille pas.

— Avec plaisir.

Je posai ma fourchette, mon couteau et m'essuyai la bouche avec une serviette rouge. Je ne lui révélai pas mes envies d'aller au cimetière. Ce n'était ni le lieu ni le moment pour en parler, d'autant plus que le dessert glacé arrivait. Je ne m'imaginai pas lui demander de m'accompagner dans un endroit pareil voir son ancien ami, en trempant ma cuillère dans la chantilly ! Nous conclûmes par un café noir. Je me demandais comment on pouvait passer une soirée avec quelqu'un en parlant aussi peu ! C'était comme si nous savions tout l'une de l'autre. Nous avalâmes d'un même élan, sans concertation, comme si nous savions que le moment était venu. Nous nous levâmes et je saisis ma carte de crédit. À ma grande surprise, Fred me fit non de la tête et nous sortîmes. Connaissait-elle le patron ? Avait-il une dette envers elle ? Elle me reprit la main et nous marchâmes côte à côte dans les rues sombres et désertes. Un épais brouillard atténuait la lumière des lampadaires. Elle s'arrêta au pied de l'un d'entre eux pour allumer sa énième cigarette de la soirée. Le briquet émit un léger soufflement sourd, seule perturbation du silence ambiant. La pluie recommença à tomber. En silence, je fermai mon blouson. Fred en fit autant. Elle passa son bras autour de ma taille : solidaires pour braver le froid et la nuit. Nous nous séparâmes sur une bise.

J'oubliai mes bonnes résolutions de l'après-midi et me glissai nue dans les draps, encore grisée par ce lieu magique et l'alcool. Je m'endormis sans m'en rendre compte, en caressant Bastet qui ronronnait de plaisir.

V

Je me retournai et sentis le chat qui faisait sa toilette. Un violent mal de dos perturbait le moindre de mes mouvements. Je regardai le réveil : six heures trente. Comme il allait sonner dans trois minutes, je l'éteignis d'un geste las. Ma tête, qui bougeait encore malgré les courbatures, pesait une tonne. Ma bouche pâteuse me rappelait que j'avais beaucoup trop bu : une gueule de bois mémorable comme jamais je n'en avais eu encore. Je me levai prenant soudain conscience que j'étais nue, bien que les stores soient ouverts ! J'attrapai un long T-shirt et l'enfilai. Quelle imbécile j'étais !

Je trouvai à la cuisine un tube d'efferalgan, en mis deux dans un verre. J'ajoutai de l'eau en m'amusant à regarder les petites bulles, jusqu'à ce qu'elles disparaissent totalement. Je bus d'un trait. Je me sentais terriblement mal ce matin. Je grimaçai en songeant à la journée complète de cours qui m'attendait. Mon cerveau allait-il pouvoir se remettre en marche ? Il lui faudrait au moins deux ou trois cafés.

Les souvenirs que m'avait laissés la veille étaient assez flous : Fred, une cheminée, des bougies, des tenues sombres. Je ne n'arrivais pas à me rappeler de quoi le repas était constitué. Par contre, je savais que je devais aller voir la serveuse à la fin des cours. Mais pourquoi ? Lui avais-je dit que je désirais parler à Debussy ?

Effarée, je me rendis compte que je faisais, une fois de plus, comme s'il était réellement vivant ! Je frémis. Visiblement, le T-shirt ne me tenait pas assez chaud. Je venais également de prendre conscience que j'avais oublié de me protéger ! Et si le meurtrier était venu ? Je sentais mon sang cogner contre mes tempes. Mon cœur battait trop vite, et ce n'était pas la faute du café. L'auteur des lettres aurait pu apparaître jusque dans ma chambre et me trouver nue, allongée sur mon lit. Dieu seul sait ce qu'il aurait pu faire ensuite, où il aurait posé ses mains et… Je sursautai. Quelque chose venait de me toucher la jambe. Je baisai les yeux et souris. Ce n'était que Bastet. Et bien ma vieille, tu m'as fait une sacrée peur ! Bastet… Je la regardai. Qu'elle était belle ! Les chats m'avaient toujours fascinée et je me fichais éperdument de leur réputation parfois mauvaise. Café, douche, jeans, blouson… J'étais enfin prête à partir.

Les feuilles garnissaient les trottoirs. La brume habituelle cachait le soleil. La pluie ne tombait plus. Je pus donc aller travailler sans me faire tremper. Chez Fred, les stores étaient fermés. Elle dormait sans doute. Je n'étais plus très loin, lorsque je faillis me faire écraser par une 205 blanche en traversant le passage piéton. La voiture s'arrêta à deux centimètres de ma hanche gauche. J'ouvris la bouche pour hurler. Un homme chauve dépassait à peine derrière le volant et le pare-brise crasseux ne parvenait pas à dissimuler son regard noir qui me déboussola. Radulac ! La voiture qui le suivait klaxonna et il disparut.

Comme je devais aller voir Fred à la fin des cours, je décidai d'aller au cimetière pendant l'heure de midi. Mais, comme à son habitude, Bastien vint me chercher. Je dus m'excuser en prétextant que j'avais quelque chose de très important à faire. Il parut déçu, même s'il essayait de le dissimuler. Il allait partir, quand, frappée d'une inspiration soudaine, je lui demandai s'il savait où se trouvait le cimetière. Il fronça les sourcils, se demandant vraisemblablement ce que j'avais derrière la tête. Pourtant, il me répondit, sans me demander d'explications. De mon côté, cela m'arrangeait puisque je n'avais pas l'intention de lui répondre. Au mieux il s'inquiéterait, au pire, il me prendrait pour une folle. Je saisis un élastique à cheveux bleu foncé et me fis une queue de cheval.

Tout en croquant dans une pomme bien rouge, j'avançais en direction du lieu sacré. D'après Bastien, ce n'était pas très loin du collège. Il avait raison. Il ne me fallut même pas vingt minutes pour l'atteindre et le trajet ne m'essouffla même pas : j'avais l'habitude de marcher. Un petit muret de pierre qui m'arrivait à hauteur de poitrine l'encadrait. J'en fis le tour et me retrouvai devant une grille de fer forgé d'à peu près deux mètres. J'approchai mes mains pour ouvrir. Je reçus une petite décharge électrique. Je n'avais pourtant pas mis de col roulé ! J'enfilai ma paume dans la manche de mon blouson, puis ouvris. Je refermai d'un coup de pied. D'un regard, je m'assurai que personne ne m'avait vu. De toute façon, il n'y avait pas âme qui vive dans ce cimetière… quoique…

Je trouvai l'endroit agréable. Un peu d'herbe entourait chacune des tombes. Pour y accéder, il suffisait d'emprunter des allées de cailloux blancs. Un pâle soleil filtrait des nuages gris et se reflétait sur le marbre. Tout était parfaitement aligné. Le calme et la sérénité y étaient impressionnants. Je fis une dizaine de pas, ramassai un papier qui n'avait rien à faire ici. Je regardai aux alentours et ne trouvai pas de poubelles. J'enfermai le détritus dans le sachet plastique qui contenait déjà le trognon de ma pomme, et rangeai le tout dans mon sac. Les tombes étaient si bien entretenues que je me demandais s'il n'y avait pas des employés qui s'en occupaient en permanence. Cela avait tout de même quelque chose d'effarant de voir toutes ces stèles (au moins trois cents !) alignées de la sorte. Rien à voir avec Conques. Je me demandais comment retrouver Debussy. Il y avait sûrement une logique pour placer les morts, mais laquelle ? Si l'on me l'avait demandé, j'aurais commencé au centre puis me serais étendue à la périphérie. Mais visiblement, celle-ci était déjà occupée !

Je m'approchai : Marie Lenoir 1882-1949. Au pas de course, j'allai jusqu'au bout de l'allée : Pierre Vil 1891-1930. Aïe ! Comment allais-je faire ? Je pris à droite puis redescendis. Derrière moi, quelqu'un toussota. Je me retournai. Un vieil homme recourbé sur une canne de bois me sourit. Ses cheveux argentés reflétaient la lumière. Des lunettes cerclées d'acier, à verre épais, soulageaient ses yeux bleus délavés. Des rides profondes avaient dévasté ce visage.

— Puis-je vous être utile, mon enfant ?

Je n'hésitai qu'un court instant. L'élégance de mon interlocuteur, qui faisait un peu vieille bourgeoisie, m'inspirait confiance. Je ne lui mentis qu'à moitié.

— Et bien… Je cherche la tombe d'un ami décédé récemment. Je suis un peu perdue dans cet immense cimetière… Un sourire accompagnait mes dires.

L'homme sembla se concentrer.

— Vous savez sans doute que Montbéliard possède deux cimetières ?

Mon désappointement dut se lire sur mon visage, il poursuivit : néanmoins, il se pourrait que votre ami se trouve ici.

Je retins ma respiration.

— Quel est son nom ?

Pleine d'espoir je lui soufflai :

— Debussy. Pascal Debussy.

Son visage se rembrunit et il sembla faire un effort intense. Il leva une main tremblante.

— Ah… je crois que… vous voyez le caveau, là-bas ? Avec toutes ces fleurs ? C'est le plus beau…

Il me désignait un endroit une dizaine de mètres sur la droite. Je me demandais comment un de mes collègues avait pu s'offrir ce luxe.

Une fois devant, vous avancez encore de cinq ou six emplacements puis tournez à droite d'une dizaine. Il me semble que votre ami devrait être un peu près par là, mais je ne connais pas encore tous les nouveaux.

Je le remerciai puis il repartit discrètement. Je songeai, en parcourant le chemin indiqué, que le vieil homme devait passer la plupart de son temps ici, pour connaître les lieux aussi précisément. Sur qui veillait-il ?

Je trouvai facilement. On voyait que l'herbe n'avait pas totalement repoussé. Sur la plaque, quelqu'un avait gravé : Pascal Debussy 1956-2004. Il n'avait donc que quarante-huit ans ! Maintenant que j'avais trouvé ce que je cherchais, je ne savais pas trop quoi faire. Je me sentais stupide. Je me signai, récitai une prière à voix basse assez précipitamment et repartis au collège.

La faim commença à me tenailler vers les quinze heures. J'avais l'impression que le temps se dilatait. Quand la sonnerie retentit, je fus peut-être encore plus satisfaite que mes élèves. Cette fois, Bastien ne pointa pas le bout de son nez, l'incident de midi l'avait sans doute malencontreusement fâché.

J'arrivai devant mon immeuble avec la ferme intention de me préparer un sandwich. Mais Fred vint à ma rencontre et bouleversa comme à son habitude tous mes plans.

— Alors, tu viens ?

Je parus sans doute contrariée, car elle me dit d'un air boudeur :

— Dis-le si tu ne veux pas !

Mes yeux croisèrent les siens.

— Ce n'est pas ça… c'est juste que je n'ai rien mangé depuis hier soir… je ne voulais pas venir chez toi le ventre vide.

J'étais gênée. Je regardais mes chaussures qui prenaient l'eau. Il s'était remis à pleuvoir.

— T'es bête ! Vraiment ! Allez hop ! C'est une maman qu'il te faut ! Si tu acceptes d'y goûter, je vais te préparer une omelette à la cancoillotte. Promis, je ne t'empoisonnerai pas, du moins, pas aujourd'hui !

Je ris. Décidément, Fred trouvait toujours les mots qu'il fallait au moment opportun.

— Tu veux me la faire à quoi, l'omelette ?

Elle me fit un clin d'œil.

— Dis donc, t'es pas du coin, et ça se voit ! Tu ne peux pas quitter la ville sans connaître la cancoillotte !

Nous montâmes donc chez la serveuse. L'appartement était la copie conforme du mien. Déjà que je trouvais effrayantes ces rangées d'immeubles à dix étages, si, en plus, les appartements qu'on y trouvait étaient tous identiques…

Nous allâmes directement à la cuisine. La table au centre était carrée et recouverte d'une toile cirée bleu ciel. Deux chaises en bois nous attendaient de chaque côté.

— Assieds-toi !

Fred retira son blouson noir. Elle était habillée comme la veille : pantalon en cuir et chaussures sombres. Seul le débardeur dépareillait, d'un blanc immaculé. Elle posa son cuir sur l'autre chaise, ouvrit le réfrigérateur, s'accroupit pour prendre une boîte d'œufs pleine. Elle la plaça sur la table, en prit quatre et déposa les autres dans la porte du frigidaire. Elle empoigna un bol dans le placard bleu au-dessus de l'évier. Je souris.

Elle tourna la tête dans ma direction et me lança un regard interrogateur.

— Ben quoi ? Tu n'as jamais fait d'omelette ?

— Si ! Bien sûr que si ! Seulement, je viens juste de m'apercevoir que tout ici est bleu : tapisserie, lino, meubles, frigo, cafetière…

Elle referma la porte.

— Et alors ? Tu n'aimes pas ?

— Si, si… bégayai-je.

Elle ne releva pas, prit une fourchette dans un tiroir, cassa les quatre œufs dans un bol et se mit à les battre vigoureusement. Ils commencèrent à mousser. Elle continua un moment, puis posa le bol sur la table. Mon amie sortit une casserole du meuble sous l'évier, y versa les œufs et un doigt de lait. Elle saisit un pot en plastique cylindrique dans le bas du frigo en s'accroupissant une nouvelle fois. Je vis un morceau de tatouage dans le bas de son dos. Elle se releva avec, en main, la fameuse cancoillotte. Elle en ajouta trois grosses cuillères à soupe dans la casserole et remua le tout. On n'avait plus qu'à attendre. Fred s'assit à califourchon sur la chaise et m'apprit que c'était un fromage régional à base de méton et de lait, que l'on pouvait accommoder de diverses façons. Celle de notre omelette était à l'ail. Elle mit deux assiettes à soupe sur la table, deux fourchettes et deux verres. Elle ouvrit ensuite une bouteille de bordeaux. Moi qui ne supportais pas l'alcool !

Tout bien considéré, je trouvai ce plat excellent. Je m'empressai de le déclarer à Fred qui scrutait ma réaction avec appréhension. Sa bouche se transforma en un rictus satisfait et la serveuse mit du pain sur la table.

— Alors, ça va mieux ?

Je hochai de la tête parce qu'avec la bouche pleine je ne pouvais pas répondre. Elle remplit mon verre.

— Merci. Encore désolée. Tu avais sans doute prévu autre chose que de souper à cinq heures et demie !

Elle éclata de rire.

— Je n'avais pas mangé grand-chose avant non plus, reconnut-elle… et puis j'adore faire ce qu'on ne fait jamais. L'imprévu m'amuse beaucoup.

Nous terminâmes en silence. Les œufs, ça refroidit vite ! Elle n'arrêtait pas de remplir mon verre, avant même que je le termine. Je commençais à tourner un peu. Le pot de cancoillotte de nouveau en main, elle annonça gaiement :

— Le fromage !

Mes yeux s'écarquillèrent. Ainsi donc, ce fromage bizarre et tout gluant se mangeait également froid ! Avec une cuillère, elle en déposa dans son assiette avant de l'étaler avec un couteau sur une tranche de pain assez épaisse.

— C'est bon pour la ligne, déclara-t-elle, seulement quatre pour cent de matières grasses.

Quant à moi, je dus bien admettre que c'était bon tout court !

Ensuite, nous fîmes le peu de vaisselle. Elle lavait, j'essuyais. Je me proposai pour faire le café. Elle accepta. Pendant que j'opérais, je sentais ses yeux m'observer et je pensais qu'elle devait, elle aussi, sentir les miens tout à l'heure. En attendant qu'il eût fini de couler, je retrouvai ma place en face d'elle. Je me sentais bien. L'alcool continuait à agir. Je rajustai mes cheveux d'un geste.

— Je ne suis pas très bavarde, m'excusai-je.

Elle sourit, en silence, toujours à califourchon sur sa chaise en bois. Elle appuya ses coudes sur le dossier et mit sa tête entre ses mains.

— Moi non plus. Dans la vie, j'observe beaucoup, mais parle peu. C'est comme ça. Tu verras, on s'y fait à la longue !

Je hochai la tête. Moi qui l'avais prise pour une rock star ! J'avais toujours en tête les images de l'autre nuit. Moi aussi, j'observe… Je ne répondis rien.

— Je te propose d'aller boire le café au salon.

Je sursautai. Un éclair illumina ses yeux sombres. Elle s'amusait ! Je saisis les deux tasses qu'elle me tendait. Sur chacune d'elle était dessiné un petit ange. Très joli ! Elle s'empara de la cafetière.

— Je crois me souvenir que tu le prends noir ?

— Oui.

— Alors, avance !

Je posai les tasses sur la petite table. Assise sur le canapé, mes genoux arrivaient à quelques centimètres de son plateau en verre. Au centre, un cendrier en bois en forme de poire contenait trois mégots de cigarette.

Fred remplit les tasses et s'assit à côté de moi sur le clic-clac brun.

— Ça ne te dérange pas si j'en allume une ?

Je répondis non, d'un ton que je voulais détaché. Pourtant Dieu sait comme j'avais du mal à supporter la fumée ! Sa cuisse gauche touchait ma cuisse droite. Elle se pencha à gauche et en avant de sorte qu'elle se retrouva presque couchée sur mes genoux. Elle tendit le bras pour attraper le briquet sur la table puis se redressa. Elle s'excusa. Je lui tendis son paquet de cigarettes. Elle en saisit une délicatement entre l'index et le majeur, l'inséra entre ses lèvres. De l'autre main, elle fit jaillir une flamme jaune et enflamma son péché mignon.

Le café était brûlant. Nous attendions qu'il refroidisse. Je regardais les volutes de fumée dessiner des arabesques dans la pièce. Fred, qui s'était calée dans le fond du canapé ne disait pas un mot.

Je saisis ma tasse pour boire une gorgée et faillis tout lâcher lorsque le téléphone sonna. Elle se leva pour répondre, décrochant d'une main ferme et sans prendre la peine de poser sa cigarette :

— Allo ?

— …

— Oui

— …

— T'es sûr

— …

— Ne t'en fais pas, j'arrive !

Elle raccrocha. J'avais compris que notre soirée venait de tomber à l'eau. Elle me fixa droit dans les yeux.

Bénédicte ne va pas bien. Gilles, le patron l'emmène à l'hôpital. Je dois aller bosser. Tu peux venir si tu veux ?

J'enfilai mon blouson.

— Je passerai dans la soirée. Là, je vais relever mon courrier et écrire à une amie.

Elle me tapa sur l'épaule.

— Merci… Je vais sûrement finir très tard. Alors tu as le temps…

Nous sortîmes simultanément. J'allai tout droit tandis qu'elle tourna. Nous nous adressâmes un dernier signe de main. J'étais un peu déçue, mais j'espérais surtout que ce n'était pas trop grave pour la collègue de Fred. L'hôpital… Rien que cette pensée me fit frissonner. Clefs en main j'avançai et ouvris ma boîte aux lettres.

Une liasse de prospectus recouvrait le courrier. Je m'en emparai pour l'insérer directement dans la poubelle prévue à cet effet. J'empoignai mes lettres et refermai. Je reconnus avec plaisir l'écriture de

Sylvie sur la première d'entre elles. Je sentis mes jambes se dérober quand je m'aperçus que la deuxième enveloppe argentée ne comportait ni timbre ni destinataire. Oh… non !, hurlai-je sans pouvoir retenir ce cri d'horreur. Je me précipitai dans l'ascenseur qui venait de s'ouvrir, manquant au passage de renverser une vieille dame ou d'écraser son caniche. J'appuyai sur le quatrième bouton : qu'il est long ! Mes mains tremblaient et je n'arrivais pas à insérer la clé dans la serrure. Je dus faire plusieurs tentatives.

Une rapide caresse à Bastet, puis je m'effondrai sur le canapé. Je regardais l'enveloppe, hésitant à l'ouvrir. Le chat se coucha sur mes genoux. Était-il possible que le maître chanteur ignore le décès de Debussy ? Dans ce cas, le professeur se serait réellement suicidé. Un autre détail me chiffonnait, mais je n'arrivais pas à trouver lequel… Fébrilement, je déchirai l'enveloppe. Devant mes yeux apparut un papier argenté en tous points semblable à ceux du tiroir.

Jolie Gonzesse,

Occupe-toi de tes fesses !

La lettre m'était destinée ! Maintenant, il en avait après moi. J'aurais dû y penser plus tôt. À force de fourrer mon nez dans des affaires qui ne me regardaient pas, je commençais à devenir gênante. Parfait ! La peur passée, je décidai d'agir. Je n'étais pas du genre à tout abandonner à cause d'une simple lettre. Après tout, ce n'était qu'un vulgaire bout de papier ! Gonzesse ! Il n'y a qu'un macho pour parler comme ça ! Ah les mecs ! Je lui faisais donc si peur à ce type pour qu'il n'ose pas m'affronter en face ? Pourtant, il me semblait impossible de découvrir seule le fin mot de l'histoire. Je me levai et allai me réchauffer du café. Bastet me suivit dans la cuisine. Je pris un mug et le remplis. Une minute plus tard, le micro-onde me tira de mes rêveries ou devrais-je dire plutôt cauchemars éveillés. Les effluves de la boisson chaude me faisaient frissonner les narines. La police… J'estimais les preuves suffisantes pour donner l'alerte. J'étais fermement résignée à ne pas attendre une nuit supplémentaire. J'empoignai brutalement mon blouson et sortis avant même de l'avoir enfilé.

L'air frais me donna un coup de fouet suffisant pour me permettre d'y arriver assez rapidement. Je grimpai les quatre marches qui me séparaient de la porte d'entrée. Le policier de garde, posté derrière le guichet, se grattait la tête, visiblement perplexe devant son écran d'ordinateur. Le téléphone sonnait sans qu'il se donne la peine de décrocher. Quelques mèches blondes dépassaient de son képi, trop courtes pour couvrir son large front haut. Deux petits yeux bleus, perdus dans ce visage aux formes généreuses, semblaient me narguer en louchant. Pourtant, cet homme faisait comme s'il ne s'était pas aperçu de ma présence. Je toussotai... Puis recommençai. Enfin, il m'adressa la parole !

— Oui ?

— Je désirerais m'entretenir avec votre supérieur au sujet d'une affaire importante.

— De quoi s'agit-il ? répondit-il d'un air blasé.

— Un collègue a été retrouvé mort il y a quelques jours. Vous avez conclu à un suicide. J'apporte des preuves qu'il a été tué.

— Vous croyez vraiment ce que vous dites ? Il n'est pas rare de ne pas vouloir admettre la mort d'un proche. En plus, mon supérieur n'est pas là, désolé, mais il va falloir revenir.

Je ne croyais pas un mot de ce qu'il me débitait, avec son air de petit garçon qui avait bien appris sa leçon. Je faillis m'emporter quand derrière moi une voix forte retentit.

— C'est bon, Amandin !

Je me retournai. Une femme rousse d'une cinquantaine d'années, encore incroyablement belle, me scrutait de ses yeux verts pénétrants. Sa fine bouche était soulignée avec expertise par un peu de rouge. Je ne savais si je devais m'avancer. Aussi je restai en place. Elle me fit signe de la suivre. Le commissariat étant relativement petit, nous nous dirigeâmes vers l'unique bureau. Un store à lamelles grises redonnait un peu d'intimité à la pièce, malgré la porte en verre et les multiples fenêtres. Au centre, un bureau imposant en chêne massif croulait sous d'épais dossiers aux chemises colorées.

— Commissaire Retin. Faites vite, je n'ai pas beaucoup de temps à vous accorder, des affaires m'attendent.

Je lui racontai tout le plus brièvement possible. Elle conclut mon histoire par un violent éclat de rire. Visiblement, elle ne me prenait pas au sérieux. Quelle frustration !

— Dites-moi, vous qui êtes professeur... Bon, je sais bien que les musiciens sont rêveurs, mais vous pensez réellement qu'un dangereux criminel s'amuserait à faire des rimes ? Pour moi, ce n'est qu'une farce. Peut-être même que votre Debussy s'est amusé à les écrire lui-même ces lettres ! Peut-être que c'était lui le maître chanteur... En ce qui me concerne, l'affaire est close. Debussy s'est suicidé et il n'y a pas lieu de revenir là-dessus. L'affaire est bouclée ! Et ne revenez plus me déranger pour des sottises pareilles !

Sur ce, me faisant un signe du menton, elle se leva et partit en me laissant seule dans la pièce. Avait-elle vraiment bien écouté mon histoire ? Pour Debussy, passons, mais en ce qui concernait la lettre que j'avais reçue... ? Rageuse je décidai de rentrer.

Au moment où je saisis la poignée de la porte, quelqu'un qui sortait de mon appartement me bouscula et je tombai lourdement en arrière. Avant que je reprenne mes esprits, on m'assena un violent coup sur la tête.

Quand j'émergeai, le goût âcre du sang emplissait ma bouche. J'étais toujours couchée à la renverse. Mon corps n'était plus qu'un tas de secteurs douloureux. Ne me sentant plus en sécurité nulle part, mon antre ayant été violée, je sortis. Sans réfléchir, je me dirigeai en courant vers le cimetière. Les rues défilaient, mais je n'y faisais même pas attention. Je souhaitais un face-à-face avec Debussy. La grille franchie, à mon grand étonnement, je retrouvai sans mal la tombe du professeur. La pâle lumière émanant de la pleine lune rendait l'endroit fort inquiétant. J'écoutais le silence avec appréhension. Essoufflée, je me demandais ce que pourrait m'apporter de plus cette visite. Un fin crachin commença à tomber alors que l'astre doré jouait à cache-cache avec les nuages. Une chouette hulula et je hurlai de surprise. Je frappai à grands coups de poing sur la stèle. Tu vas me dire ce qui se passe, oui ? criai-je à pleins poumons. Seule la pluie répondait présente. Je m'assis dans l'allée et pleurai un long moment, la tête dans les mains. Les sanglots longs des violons…

Trempée, tremblante de froid, terrorisée, j'étais à vingt-trois heures passées au milieu d'un cimetière en train de réciter du Verlaine. Je perdais la tête ! J'aurais tellement voulu que papa me prenne dans ses bras ! J'éternuai. En plus, j'avais attrapé un rhume ! Je me relevai. J'avais envie de parler à quelqu'un. Je savais que le Jean Valjean était ouvert et qu'une amie m'y attendait. Je me remis à courir et trébuchai dans un trou. Mon front, qui avait heurté le sol se remit à saigner. Mon mal de tête recommençait.

J'entrai dans le bar. Fred, qui m'aperçut couru vers moi, affolée. Je ne pouvais voir quel spectacle je lui offrais, mais je comprenais à son attitude : le sang coulait sur mon visage, je tremblais, mes cheveux et mes vêtements dégoulinaient et mon teint ne devait pas être moins blanc que celui d'un cadavre.

— Mais enfin, que s'est-il passé ? demanda-t-elle incrédule.

— Je… Ma porte…

Je n'arrivais pas à retrouver mon calme et à former mes phrases.

— Viens

Elle m'entraîna vers la porte secrète. Elle pressa sur une pierre et nous entrâmes : un escalier. Nous le descendîmes. Deux hommes géants, baraqués, mais surtout armés, gardaient une pièce fermée.

Au cas où il y ait des bagarres, mais on ne veut pas effrayer les gens là-haut. Attends ici ! Son excuse sonnait faux. Mais j'avais d'autres problèmes actuellement. Chaque chose en son temps. Elle frappa à une porte et entra. Quelques minutes plus tard, elle revint, accompagnée d'une femme d'une cinquantaine d'années.

Elle va s'occuper de toi, me chuchota mon amie dans l'oreille, avant de courir pour retourner à son poste, à mon grand regret. Je restai donc seule avec la femme aux cheveux poivre et sel qui m'entraînait vers une salle de bain. Son chignon était légèrement défait et des mèches retombaient dans son cou. Sa maigreur permettait de distinguer l'agencement des os à travers la peau. Ses yeux noirs me fixaient sévèrement. Je balbutiai :

— Je… Excusez-moi.

Je respirai profondément avant de lui déclarer d'une traite :

Je m'appelle Carole Dalles, je suis professeur de musique, ma porte a été forcée, la police ne m'écoute pas et je suis tombée…

À nouveau, des larmes jaillirent, malgré ma tentative pour prendre sur moi.

— Ma pauvre enfant !

Elle me prit dans ses bras, un peu comme une mère.

— Je suis Marie Bacchus, la femme de Gilles. Venez, on va désinfecter.

Elle mit une immense serviette à fleurs sur mes épaules et commença.

J'étais infirmière avant d'abandonner mon travail pour aider Gilles. Maintenant, je suis trop vieille pour servir. Bénédicte et Frédérique sont plus douées que moi ! Vous voulez boire une tisane avec moi ? Ça vous fera du bien.

J'acceptai et la remerciai timidement.

— Suivez-moi.

La salle de bain débouchait dans une cuisine aussi petite que la mienne. Elle mit de l'eau à chauffer. Je commençais à me sentir mieux. Je croisai les mains sur la nappe jaune défraîchie. Les meubles en vieux chêne apportaient un côté rustique pas désagréable. Le ménage était impeccable. Pas une once de poussière sur les casseroles en cuivre qui brillaient, accrochées au mur. Marie Bacchus cherchait dans ses buffets. Elle sortit une boîte en plastique contenant une grande variété de sachets de tisanes. Pendant que je faisais mon choix, je l'entendais remuer dans mon dos. Finalement, je pris un sachet au hasard : fruits rouges. Classique. Elle posa un cake au chocolat sur la table. J'avais l'impression de me faire chouchouter par ma grand-mère ! Je n'en méritais pas tant ! L'eau chantait dans la bouilloire. Elle la retira du feu et nous servit. Je la remerciai à nouveau.

— Vous êtes différente de ceux qui viennent par ici, me déclara-t-elle. Vous n'êtes pas de la région, n'est-ce pas ?

— Je suis née dans la vieille province du Rouergue, dans un petit village de trois cents habitants : Conques. Je ne suis pas encore titulaire, alors je suis amenée à voyager beaucoup pour effectuer mes remplacements. Mais c'est sûr que par rapport à là-bas, Montbéliard me change du tout au tout ! Son visage souriant forçait à la confession. Je me sentais en sécurité et écoutée avec elle.

— Ce doit être une bien jolie région. J'aimerais voyager, mais avec les affaires de Gilles…

Ses yeux regardaient au loin, un peu nostalgiques, un peu rêveurs. Je comprenais son besoin d'évasion. Après tout, si elle passait ses journées avec les espèces de gardes du corps d'à côté… Elle poursuivit :

— Comment êtes-vous entrée dans la bande ? Vous ne me semblez pas du genre à fréquenter les bars… Remarquez, je n'ai rien contre cet endroit, sinon je n'aurais pas épousé Gilles.

Rentrée dans la bande ! Énoncé comme ça, ça me faisait penser à une secte. Sans me démonter, je repris mes explications.

— Bastien, un collègue, tenait à me faire découvrir le Jean Valjean et à me présenter Fred.

Elle remuait délicatement sa tisane pour faire fondre le sucre. La cuillère frottait aux parois de la tasse. Elle était perdue dans ses pensées. Je me demandais si elle était convaincue de ce que je venais de lui raconter.

— Oh… excusez-moi, s'écria-t-elle ! Je manque à tous mes devoirs.

Elle coupa quelques tranches du gâteau et me servit. Mon ventre émit un grognement plaintif qui me rappela que je n'avais rien mangé depuis l'omelette de Fred. J'avalai donc de bon appétit, d'autant plus que ce n'était pas mauvais. Une porte claqua. Je sursautai. Il était temps que je rentre. À regret, je pris congé de mon hôtesse en lui expliquant que je devais assurer mes cours dans quelques heures. Elle comprit et m'invita à revenir dès que je le souhaitais.

Je grimpai lentement les escaliers qui menaient à mon appartement. Le silence était pesant. Tout était désert. Entendre quelque chose, même un cri, m'aurait tellement rassurée… À chaque pas, mes chaussures émettaient un bruit sourd. Le temps semblait figé. Mon cœur cognait si fort que j'avais l'impression qu'on n'entendait que moi. À toutes les marches, je me retournais avec la sensation terrible d'être suivie. Je ne me sentirai plus jamais en sécurité nulle part, pensais-je. Chaque seconde me rapprochait de l'instant fatidique où je serais chez moi. Je me demandais en quel état j'allais retrouver mes affaires et ce qu'on avait bien pu me dérober. D'où j'étais, je voyais maintenant ma porte restée entrouverte. J'allais rapidement être fixée. Je posai une main moite sur la poignée. J'allumai. Tout paraissait inchangé, comme si j'avais tout rêvé, tout inventé. Je fermai la serrure et le verrou à double tour. Prise d'une inspiration subite, je courus jusqu'à la chambre. Après vérification, les lettres y étaient toujours. Mais qu'avait bien pu fabriquer mon visiteur ? L'avais-je dérangé trop tôt ? Les affaires de Debussy ! Je me dirigeai d'un pas allègre vers le placard. Vide ! Il savait donc que je les avais gardées puis rangées ici. Quand je l'ai croisé, il n'était pas chargé. Il était donc revenu et avait eu le temps de tout déménager avant que je ne rentre. Incroyable !

Il fallait absolument que j'arrive à dormir un peu si je voulais être en état pour assurer mes fonctions. J'allai chercher une chaise à la cuisine et la plaquai devant la porte. Si quelqu'un ouvrait, cela ferait assez de bruit pour me réveiller, même si je doutais de bien dormir. Je vérifiai soigneusement la fermeture des fenêtres et abaissai tous les stores. Je pris Bastet dans mes bras et m'assis sur le lit. Après quelques caresses, je m'endormis tout habillée.

VI

Mes cours se terminèrent à midi. La sonnerie salvatrice carillonna. Ce bruit métallique n'avait rien d'agréable, si ce n'était le symbole de liberté qu'il représentait. J'exagérais légèrement ces temps-ci, mais le métier que j'aimais tellement d'ordinaire, se révélait être un calvaire quand un manque de sommeil et une forte migraine s'en mêlaient. Je regardais sans vraiment le voir le flot bruyant des élèves coulant vers l'extérieur. Enfin ! Il n'y avait plus personne dans la classe et un doux silence occupait les lieux désormais.

Une grosse bosse garnissait mon front depuis la veille et j'avais très peu dormi. Les élèves m'avaient dévisagée tout au long de la matinée. Je m'étais entièrement vêtue de cuir, ce qui me donnait une fausse impression de puissance. Les cernes sous mes yeux ne cessaient de s'accentuer. J'avais soigneusement évité de rencontrer mes collègues ce matin. Je terminai de ranger mes affaires, et j'enfouis ma tête dans mes mains. C'est dans cette position que Bastien me trouva quand il entra dans la salle de musique quelques minutes plus tard.

— Ça ne va pas ?

Je relevai la tête. Je le vis pâlir à la vue mon visage.

— Mon Dieu ! s'exclama-t-il les yeux exorbités de surprise. Il n'arrivait pas à détacher son regard de ma blessure. Aussi je crus bon de me dépêcher de lui fournir des explications :

— Quelqu'un est entré chez moi hier pendant que je travaillais.

— Et tu t'es... battue ?

Je lui souris tristement. Je ne m'attendais pas à cette question. Son attitude s'était imperceptiblement modifiée. Il était maintenant sur ses gardes. J'avais l'impression que mon statut de victime se transformait en celui de coupable.

— Je suis tombée. Inutile de l'alarmer davantage ! Cette simple phrase eut l'effet escompté. Redevenu le Bastien prévenant et attentionné, il me serra dans ses bras et je calai ma tête contre son épaule.

— Je n'ai pas cours cet après-midi. Je vais rester avec toi. On va aller voir la police. Il semblait prêt à tout pour que je retrouve mon sourire.

— Oh, ne te donne pas cette peine ! J'y suis allée. Ils refusent de prendre l'affaire au sérieux. D'après eux, ce ne serait qu'une bonne blague. Encore confortablement calée au creux de son épaule, je ne pouvais voir sa réaction. Comme le silence commençait à s'éterniser, je repris :

— Je vais changer les serrures. J'irai les acheter tout à l'heure. Il fallait bien que je lui montre que je ne me laissais quand même pas marcher sur les pieds !

— Je t'accompagne. Le ton qu'il venait d'employer laissait entrevoir toute sa détermination. Il s'inquiétait pour moi, ce qui me touchait énormément.

— Allez hop ! On va manger ! Il faut que tu reprennes des forces. Cette phrase mit fin à la discussion. Quand je relevai la tête, je vis que Bastien avait retrouvé son sourire. C'était réconfortant. J'écoutai ses conseils. Après tout, rien n'était bien défini quant à mon avenir ici, alors, autant prendre les choses comme elles venaient !

Pour une fois, nous n'allâmes pas chez Denis. Bastien, au volant de sa 106 rouge, m'emmena dans un véritable restaurant. Nous fûmes accueillis par un homme d'une cinquantaine d'années en complet gris, d'une tenue irréprochable.

— Une table pour deux ? demanda-t-il d'un air blasé, mais sans se départir ni de son extrême politesse ni de son sourire commercial.

— Oui, confirma mon collègue, tout en inspectant discrètement les personnes présentes dans la salle.

— Désirez-vous un apéritif ? poursuivit l'homme, tandis qu'un garçon plus jeune, mais qui lui ressemblait étonnamment, s'empara de nos vestes afin de les déposer dans le vestiaire. Il s'éloignait pendant que nous étions entraînés vers une table. Bastien nous commanda deux cocktails maison Blue Angel. Je me demandais ce que pouvaient contenir les verres. Il tira ma chaise pour que je m'asseye comme tout bon gentleman qui se respecte. C'était bon de savoir que certaines personnes dans ce monde avaient encore un peu de savoir-vivre. Il contourna la table pour venir se placer en face de moi. L'endroit respirait le luxe. L'éclat de l'argenterie en témoignait. Je ne m'y sentais pas trop à l'aise avec mes vêtements en cuir au milieu de tous ces individus en costume cravate ! Une femme habillée de la même manière que moi entra, dissipant mes craintes et je continuai mon inspection discrète. Des boiseries, sûrement très anciennes, achevaient de donner de la valeur et un certain cachet à ce sublime restaurant. Les couverts brillaient sur la nappe rouge. Le grand luxe ! Je n'aurais pas été étonnée de recevoir mon repas dans de la fine porcelaine et la boisson dans des verres en cristal de Baccara. Le prix de ce repas n'allait probablement pas être dans nos moyens !

Bastien respectait mon silence et ne parla que quand un serveur en costume noir et chemise blanche (ça changeait du rose !) nous apporta les cocktails.

— Ils sont délicieux, tu verras m'assura-t-il en plongeant ses yeux clairs dans les miens et en remettant en place une mèche rebelle.

Je n'en doutais pas. Je répétai à mon ange gardien que je supportais très mal l'alcool. Il sourit en me déclarant :

— Si tu arrives à oublier un peu ce qu'il se passe, ça te fera le plus grand bien !

On ne nous présenta pas les menus, mais Bastien fit un clin d'œil à celui qui nous avait accueillis. Salade composée, magret de canard, pommes de terre, haricots verts, fromages (décidément dans la région, ils ne pouvaient s'en passer !), dessert (une mousse aux framboises tout simplement délicieuse) se succédèrent dans nos assiettes. Le vin qui accompagnait ces mets avait achevé de me mettre dans un état d'apaisement suprême.

Pour la deuxième fois, je quittais un restaurant sans que ni moi ni mon accompagnateur ne payions le moindre euro ! Leur devait-on quelque chose ? Y avait-il un rapport entre la serveuse, ce professeur Debussy, le Jean Valjean, les divers endroits où l'on m'emmenait manger et Bastien ? Une douce torpeur m'envahissait, si bien que je m'endormis dans la voiture. Je rêvais de maman, de collines bleutées à l'odeur de lavande, à ma maison natale où je me sentais revivre, à Sylvie quand nous nous roulions dans l'herbe, aux oiseaux qui berçaient mes pensées. Lorsque je me réveillai, j'étais couché sur un lit, sous une couverture de laine marron clair, déboussolée. J'ignorais où j'étais et j'avais une gigantesque migraine. Je me levai, inquiète. Le bruit attira Bastien qui me demanda comment je me sentais.

— Ça m'a fait du bien de dormir, mais j'ai un peu mal à la tête, lui répondis-je en grimaçant.

— Je vais te chercher de l'aspirine… et un café !

Je lui souris. Il commençait à bien me cerner.

— Avec plaisir !

— Je suis allé chercher des serrures pendant que tu te reposais. J'irai te les changer tout à l'heure.

Bastien vivait dans un studio que j'estimais de trente-cinq mètres carrés. Avec son salaire de professeur, il aurait pu acheter plus grand. Un poster d'Arthur Rimbaud accroché au-dessus du lit cachait la tapisserie beige. Au pied, un petit meuble soutenait la télévision. À gauche, les rayonnages contenaient des dizaines de livres. Vers la porte d'entrée, une petite kitchenette, à côté, une autre porte, sans doute la salle de bain. Il était dans une chambre d'étudiant… c'était le sentiment que ça me donnait. Il préparait le café en sifflotant. Une table minuscule, placée sous l'unique fenêtre, complétait le mobilier de la pièce. Dessus attendait une liasse de feuilles manuscrites.

— Tu veux manger quelque chose ? Je dénigrai poliment, car le repas de midi avait été un véritable festin. Assise sur le lit, Bastien ayant réquisitionné l'unique chaise, je savourai mon café. Il en buvait une tasse également.

— J'ai emprunté des outils au voisin pour pouvoir m'occuper de ta porte.

Je le remerciai tout en me demandant si ce fou qui me traquait ne trouverait pas une astuce pour pénétrer malgré tout chez moi.

Changer les serrures nous demanda presque une heure. Je proposai à Bastien, qui se lavait les mains dans le lavabo toujours aussi blanc de ma salle de bain, de boire quelque chose. Il rejeta mon offre : un rendez-vous. Décidément, il était très pris ce garçon ! Quant à moi, je me sentais en sécurité dans mes murs pour la première fois peut-être depuis le début de mon remplacement.

Je pris Bastet dans mes bras et écrivis à maman pour lui dire que tout allait bien (ce qui était complètement faux…) pour ne pas l'inquiéter. Sa récente opération de la thyroïde l'avait fatiguée, et papa n'était plus là pour l'épauler. J'aurais dû me retrouver à ses côtés en cet instant, moi, sa fille unique. Pourtant, mon goût de l'indépendance m'avait entraîné ici. Elle détesterait ces gens si pressés, si stressés. Les dignes représentants d'une ville industrielle. Certains se lèvent à quatre heures du matin, d'autres travaillent la nuit, ne croisant leur compagnon que deux ou trois heures par jour. Dur combat : famille et valeurs traditionnelles face au profit. Match difficile, mais inégal : David contre Goliath. Mon remplacement terminé, je ne remettrai plus jamais les pieds dans le coin. Il était temps de me poser quelque part après tout ! J'avais envie maintenant plus que jamais, d'un foyer, des bras d'un mari et de deux petites têtes qui courraient partout en criant maman ! dès qu'ils rentraient de l'école. J'enviais Sylvie, et la liberté dont j'étais si fière il y avait quelques semaines me pesait maintenant plus lourde que des chaînes. Je posai mon stylo qui était resté depuis plusieurs minutes en suspension au-dessus de la feuille. La table de la cuisine bougea. Tandis que j'essuyais mes premières larmes d'un revers de main, le robinet couvrait mes sanglots de ses bruits plaintifs. Bastet posa sa tête dans mon cou. Le mal du pays me touchait en plein cœur.

Je sursautai. Quelqu'un sonnait à la porte ! L'envie de bouger me manquait. On insistait. À Contrecœur j'y allai. Fred.

— Je suis passée voir comment ça allait après l'épisode d'hier soir.

Je suppose que mes yeux rouges gonflés de larmes et la bosse immense qui garnissait toujours mon front valaient une explication. Elle rentra sans attendre mon invitation et alla directement à la cuisine. Elle connaissait visiblement très bien l'agencement de mon appartement.

— Je venais souvent ici voir Debussy. J'amenais ma guitare, il m'accompagnait au clavier. Tu l'as trouvé au fait, s'enquit-elle soudain sans pour autant stopper ses mouvements ?

— Quoi donc demandais-je surprise ? Je ne voyais vraiment pas de quoi elle voulait parler ! Quand même pas de la lettre ? Ni de Debussy lui-même ?

— Le clavier !

Je fus rassurée par sa réponse. Ce n'était que cela ! Je souris avant de répondre par la négative.

— Bizarre… il ne s'en serait séparé pour rien au monde !

Étrange en effet. Debussy en manque d'argent l'avait-il vendu ? Dans ce cas, cela rejoindrait le problème du secret. Une maîtresse ? Possible… À moins qu'elle ne veuille m'indiquer une piste ?

— Eh oh ! À quoi tu penses ? Fred était revenue dans le salon et posait des mugs à même le sol. Les cafés étaient trop chauds et, contrairement à elle, je n'avais pas de table.

— À rien de spécial. Ou plutôt si… Que penses-tu de Nicolas ?

— Nicolas ?

— Oui, le fils de Debussy.

— Ça ne t'embête pas si je fume ? Elle avait déjà la cigarette à la bouche et le briquet en main. Bien que je déteste ça, je lui dis qu'elle pouvait y aller.

— Alors ? la pressais-je, agacée par ses mauvaises habitudes.

— Mais Nicolas tu l'as vu l'autre jour au bar, tu ne t'en rappelles pas ?

Le déclic se fit dans ma tête. Nicolas, le type au visage d'adolescent, queue de cheval blonde, yeux gris bleu, très grand. Comment avais-je pu oublier la scène ! Lui qui nourrissait une telle haine envers son père ! D'après lui, il était la cause de la mort de sa mère. Nicolas aurait-il voulu se venger ? En poussant Debussy par la fenêtre, il faisait croire au suicide est la boucle serait bouclée, comme on dit. Je m'adressai à Fred :

— Tu crois qu'il aurait pu pousser son père parce qu'il croyait avoir une dette envers sa mère ?

Ma question sembla la surprendre. Elle plongea ses deux grands yeux noisette au fond des miens. Sa cigarette était restée en suspens au bout de ses doigts.

— Non.

— Non… c'est tout ? Il a l'air plutôt violent ! Je commençais à m'emporter. Elle restait stoïque en tirant de nouveau des pleines bouffées, et moi j'avais de plus en plus de mal à respirer.

— Il a été traumatisé par la mort de sa mère. De violentes crises l'ont entraîné à l'hôpital psychiatrique. Il a achevé son traitement. Cette histoire fait partie du passé maintenant pour lui. La preuve, il a réussi à m'en parler. C'est bien qu'il ait tiré un trait sur tout cela.

Je haussai les épaules et répliquai :

— Attends ! Comment peux-tu en être sûre ? Il a quand même eu une mini crise hier soir et…

Elle me coupa la parole d'un geste brusque et répliqua :

— Il m'a avoué qu'il tenait plus à son père qu'il ne l'aurait voulu. Il était la seule personne de la famille qui lui restait après tout. Je suis bien placée pour le comprendre. Mais je ne sais même pas pourquoi je te raconte tout ça ! Peut-être que tu ne peux pas comprendre... c'est vrai quoi ! Après tout, toi tu as ta famille, tes amis...

J'étais carrément vexée. Je faillis lui répliquer que mon père n'était plus là, que ma famille et mes amis étaient à des kilomètres, et que pour l'instant, j'étais seule au monde. Elle avait descendu mon moral encore plus bas qu'il ne l'était déjà. Elle dut s'en apercevoir, car elle me prit dans ses bras en mettant sa tête sur mon épaule gauche et s'excusa. Les larmes me piquaient les yeux, mais je ne voulais pas lui montrer : question de fierté ! Je respirai profondément. Pour moi, Nicolas n'était pas clair. L'hôpital psychiatrique et les traumatismes infantiles laissent toujours des traces. Je décidai de penser à autre chose.

— Tu sais, Fred… (Elle se retira et recommença à fumer), hier, quand je suis allée au Jean Valjean et que Marie m'a soignée, j'ai aperçu des gardes devant une porte. Tu ne trouves pas ça bizarre ?

Elle rit de bon cœur, rejetant sa tête en arrière.

— Disons que le Jean Valjean n'est peut-être pas un bar comme les autres… Je vais te faire confiance, parce que je te considère comme une amie, mais il faut me promettre de garder le secret.

Le secret… Nous y étions ! Je devais avoir les yeux brillants de curiosité. Je promis d'une voix tremblante.

— À personne ?

— À personne !

Elle écrasa enfin sa cigarette dans le cendrier, mais en sortit immédiatement une autre du paquet, la reniflant avec un sourire. Je la soupçonnais de me faire mariner par plaisir. Une fois entre ses lèvres, elle l'alluma, tira une bouffée. J'avais l'impression qu'elle effectuait tout cela au ralenti. Je ne voulais surtout pas la brusquer, de peur qu'elle ne revienne sur sa décision, car j'avais besoin de savoir.

— Tu as certainement remarqué que l'activité du Jean Valjean est plutôt inhabituelle la nuit ?

Je ne m'attendais pas à être questionnée à brûle-pourpoint, je bredouillai :

— Et bien…

Qu'aurais-je bien pu dire de plus ? Heureusement pour moi, elle rajouta :

— Cette fameuse porte dissimule une salle de jeu. Là-bas, chaque nuit, des types, et même des nanas, jouent tout leur fric et même celui qu'ils n'ont pas. Ils excellent au poker, le jeu qui marche le mieux. Le type que t'as vu partir furibard l'autre jour, venait de perdre sa voiture.

Je n'en croyais pas mes oreilles. Nous en revenions donc à l'argent… et si Debussy avait été lui aussi un de ces joueurs invétérés ? Si c'était son secret ? Le visiteur de l'autre jour s'était peut-être servi dans ses affaires pour se rembourser ? Mais dans ce cas-là, pourquoi me menacer moi ? Je ne comprenais vraiment pas.

Elle approcha son visage du mien pour me déclarer dans un souffle :

— Bien sûr, tout cela s'effectue en parfaite illégalité.

Je sentais son haleine qui empestait la cigarette. Pourtant, ses lèvres à quelques millimètres des miennes me troublaient plus que je ne l'aurais voulu. Je crus même un instant qu'elle allait m'embrasser. Mais brusquement, elle se recula, pompant à nouveau. Je soupirai. Je n'arrivais pas à comprendre que certaines personnes soient suffisamment stupides pour jouer comme ça et tout perdre… Fred était-elle une simple observatrice ou avait-elle un rôle dans ce trafic ? Je l'observais. Elle jouait avec la bague qu'elle portait à l'annulaire droit : un simple anneau en argent. Elle m'ignorait totalement à présent et ne semblait pas vouloir m'en dévoiler davantage. Quelques minutes plus tard, elle ajouta pourtant :

— Tu sais, ton prédécesseur appréciait beaucoup le jeu lui aussi.

Ses yeux brillaient de malice. Elle savait ménager ses effets. Ce serait donc bien ça son secret… Je demandai, feignant l'innocence :

— Tu joues toi ?

Elle sourit en coin pendant qu'elle écrasait sa cigarette. Je priai pour qu'elle n'en prenne pas une autre. Dieu avait dû m'entendre : elle s'abstint.

— J'ai joué à une époque, mais pas dans cette ville et c'était il y a longtemps. Ça ne m'excite plus assez. Maintenant, je prends mon pied en les regardant sortir complètement déplumés. Elle ponctua sa dernière phrase d'un éclat de rire diabolique.

— Un autre café ? Elle ramena nos mugs pleins et s'assit en tailleur en face de moi.

Après ce que je venais d'entendre, tout se faisait plus clair dans ma tête. Debussy s'était suicidé parce qu'il devait trop d'argent. J'étais maintenant presque entièrement rassurée. Je n'avais aucun rapport avec tout ceci. Je savais la vérité. Je pouvais arrêter de fouiner. On me laisserait tranquille. J'étais presque heureuse. C'était rassurant de comprendre.

— Tiens, tu as laissé tomber ça !

Fred me tendit la lettre de Sylvie que j'avais reçue la veille. Avec toutes mes émotions, j'avais complètement oublié de l'ouvrir. Je remerciai la serveuse et mis le papier de côté pour le lire dans la soirée. Nous restâmes un moment silencieuses. Bastet, qui n'arrivait décidément pas à faire un choix entre mes genoux et ceux de mon amie, plaça sa tête sur moi et le reste de son corps sur elle.

— Ça te dirait de venir avec moi à l'hôpital ? Je vais voir Béné. Gilles m'a filé sa voiture. Il faut juste que je passe prendre des fleurs.

— Tu ne penses pas que je vais l'effrayer avec ma tête ? J'ai une vilaine bosse et…

— J'en connais une qui ne veut toujours pas bouger son cul !

Je protestai. Je détestais les critiques, surtout celles qui me rappelaient ma timidité. J'avais pourtant fait des efforts !

— Finis ton café, on va y aller !

Comme un automate, j'obéis. Laissant à regret la chaleur douillette de mon appartement, je suivis Fred qui m'ouvrait la portière d'une vieille 205 grise. Une aile rouge la rendait facilement reconnaissable. Pas très prudent pour quelqu'un qui s'occupe d'opérations illégales…

Bénédicte était une petite blonde aux yeux verts qui étincelèrent étrangement quand elle aperçut Fred. Je tenais un gros bouquet de roses jaunes et le lui tendis un peu embarrassée. Elle ne parut même pas surprise en voyant mon visage abîmé. Question d'habitude peut-être ? Elle nous remercia pour les fleurs. Fred m'avait glissé dans l'auto que c'étaient ses favorites. La chambre contenait deux lits, mais un seul était occupé, si bien que nous nous assîmes sur le second. Je me sentais mal à l'aise bien qu'on ait pris soin de nous présenter. Je ne savais pas trop si je devais prendre part à la conversation ou m'effacer en feignant regarder la télévision. Mais Béné l'éteignit et me proposa un verre de jus d'orange que je refusai poliment.

J'appris donc qu'elle était enceinte de sept mois et deux jours et qu'elle avait perdu du sang. Apparemment, le bébé n'avait aucun mal, mais les médecins préféraient la garder encore un jour ou deux. Quand elle se leva pour aller aux toilettes, Fred la soutint par le bras. Je la trouvais encore extrêmement pâle, impression sans doute renforcée par sa chemise de nuit blanche légèrement transparente. Je remarquai qu'elle ne portait rien dessous et surpris les yeux de Fred découvrant la même chose.

Nous quittâmes la future maman assez rapidement. Fred devait aller travailler. Je l'accompagnai, soulagée de quitter cet endroit.

— Alors ? Comment tu la trouves ? Sympa, non ?

— Très oui… mais… le père ?

J'aurais mieux fait de me taire parce que, comme elle me regardait, la voiture approchait du bas-côté. Je hurlai puis serrai les dents pendant qu'elle reprenait le contrôle de la situation. Je soupirai, mais restai vigilante.

— Le père, reprit Fred, qui ne quittait plus la route des yeux, tu ne devines pas ? Qui aurait bien pu craquer pour ces deux yeux-là ?

J'hésitai, puis finit par proposer : Bastien ?

Elle éclata de rire et je craignis un court instant à nouveau pour ma vie quand la voiture dévia encore.

— Non, non ! Je ne me souviens pas l'avoir déjà vu traîner avec une fille celui-là… mis à part avec toi, bien sûr ! Le père c'est Nicolas, le fils de Debussy ! m'apprit-elle tout excitée en regardant tantôt mon visage, tantôt la route.

— Nicolas ? chevrotai-je surprise, ne sachant plus que répondre pour qu'elle conduise enfin correctement.

— Nicolas oui ! Mais chut… il l'ignore !

Je n'en croyais pas mes oreilles !

— Comment ça, il l'ignore ?

Je commençais à me fâcher, ponctuant mes cris par des grands gestes. Mais tu ne crois pas qu'il a le droit de savoir, non ?

— Oh, arrête un peu, hein ! Si c'est pour nous faire la morale, tu peux bien te la foutre où je pense et ficher le camp !

J'étais sidérée. C'était la première fois que Fred me parlait ainsi et même que quelqu'un le faisait d'ailleurs je crois.

— Excuse-moi, c'est la surprise du moment…

Je voulais arranger les choses, même si j'étais sûre d'avoir raison.

— C'est bon.

Nous arrivions. Elle coupa le contact, avant d'ajouter :

— Nico est un peu gamin. Sa vie professionnelle fait qu'il n'est jamais là, et personne ne le sent capable d'assumer. Il est trop fragile. Après le suicide de ses parents, il est préférable de le ménager. C'est mieux pour tout le monde. Il faut penser à l'avenir du bébé.

Ses arguments tenaient la route. De toute façon, je n'avais rien à voir avec leur histoire. Ce n'était pas mon rôle d'intervenir.

— T'attends que je t'ouvre la porte ou quoi ?

Pendant que je réfléchissais, elle était sortie et attendait sur le trottoir. Je me dépêchai donc de la rejoindre. Elle me prit par la taille, ce qui signifiait sans doute qu'elle venait d'enterrer la hache de guerre. Nous pénétrâmes dans le Jean Valjean.

Le bar n'était pas encore plein. Il se remplirait au fil de la nuit. Je profitai des salutations d'usage pour demander à Gilles de remercier sa femme pour les soins. Il m'adressa un signe de tête distrait puis descendit en passant par le mur, sans doute pour préparer la salle de jeux.

Avant même que je lui demande, Fred m'apporta un cocktail de sa fabrication. Pour ne pas la décevoir une fois de plus, j'acceptai le verre. J'y trempai mes lèvres et le trouvai très bon, doux et sucré avec cependant une pointe d'amertume en arrière-goût. Assise au comptoir, je piochais dans le bol de cacahouètes en terre cuite peinte en rouge.

Ma soirée allait être morose. Je tournai la tête à droite, le vieil homme fumait sa pipe. Quand il s'aperçut que je le regardais, il me gratifia d'un sourire chaleureux. Il ne lui restait que deux trois quenottes minuscules jaunies par le tabac et les années.

L'heure avançait doucement. Je ne me décidais pas à rentrer. Le cafard me submergeait de nouveau et je préférais rester dans ce bar, à observer et à me remplir l'esprit de fumée et de musique. Mon appartement était si froid, silencieux, lugubre, mort. J'étais en week-end ! Je venais juste de réaliser ! J'avais deux jours entiers pour me remettre de mes émotions, tenter d'oublier, ne rien faire, dormir… Cette semaine passée ici a certainement été la pire de toute ma vie. Qu'en était-il de l'adage après la pluie vient le beau temps ?

J'étais certaine que reposée, vu que je connaissais le secret de feu Debussy, je pourrais de nouveau apprécier la vie. Avait-il été tué pour ce vice, ou avait-il décidé d'y mettre fin lui-même ? Au fond, je m'en fichais éperdument. Ça n'avait plus aucune importance.

Quelqu'un venait de s'asseoir à mes côtés. Je sentais son regard glisser sur ma peau. J'attendis qu'il ait achevé son observation pour lever les yeux à mon tour. Nicolas ! C'est vrai qu'il n'avait pas l'air d'un monstre ! Il rougit comme un petit garçon.

Pour me parler, il baissa les yeux :

— Je n'osais pas perturber ta réflexion.

Je le trouvais particulièrement attachant. Il tenait entre ses jambes, son étui à guitare. Fred me resservit et donna la même chose à son ami. Elle se dirigea vers une table voisine mais revint sur ses pas pour lui faire une bise et repartir, en laissant au passage une main glisser sur mes fesses. Je faillis recracher ma gorgée. Nicolas était écroulé de rire et moi on ne peu plus écarlate.

— Tu t'habitueras, me confia-t-il, elle est toujours comme ça avec ses bons amis.

Je ne sus que répondre. Il m'entraîna jusqu'à une table où l'on nous resservit. Je ne me sentais pas très bien. Nicolas osait maintenant me regarder profondément dans les yeux. Les siens étaient caressants et doux. Son regard était apaisant. Intérieurement, je me traitai d'imbécile. Comment avais-je pu le soupçonner ? Lui ! Je comprenais dès lors beaucoup mieux la réaction de Fred. Non, il ne pouvait pas être coupable.

Je lui racontai, ma vie, mon enfance au pays du soleil et des matins chantants. Je lui parlai de mon père, de mes angoisses comme à un grand frère. Il m'écoutait sans m'interrompre. Je me sentais bien.

VII

Après avoir trinqué avec Nicolas à notre nouvelle rencontre, je lui déclarai qu'il était grand temps pour moi de quitter ce lieu enfumé pour retrouver mon lit, car je me sentais fatiguée. Piètre excuse en vérité puisque je le sommeil refusait de me gagner et que je n'avais rien de bien passionnant à faire. Seulement, voilà, malgré les déclarations rassurantes de Fred, je le soupçonnais encore. Une alarme dans mon inconscient ne cessait de se déclencher. Je sentais que quelque chose ne tournait pas rond et que qu'une ou plusieurs personnes me mentaient. La serveuse m'avait bien avoué leur petit secret, mais n'y en avait-il pas d'autres ? La joyeuse bande n'en était très certainement pas à une dissimulation près. Le gentleman qui était assis à mes côtés insista pour me raccompagner. Les prétextes n'étant pas mon fort, je me résignai.

L'état de sa voiture s'avérait bien meilleur que ce à quoi je m'attendais. À l'intérieur flottait dans l'air une odeur musquée, très masculine. Les suspensions gémirent quand Nico s'assit au volant. Il se pencha pour enlever les livres de théâtre qui encombraient le siège du passager. Que du beau monde ! Plus cultivé que ce que je n'aurais cru. Il en profita pour tourner le bouton de la radio. Quelques notes de piano s'échappèrent des haut-parleurs. Une petite musique de Mozart pour finir ma journée. Je soupirai en prenant ma place.

— Il faudrait que je fasse le plein avant de te ramener, ça ne te dérange pas ? Je serai rapide comme l'éclair, ajouta-t-il dans un clin d'œil.

— Vas-y, lâchai-je en pestant intérieurement.

Ma réponse avait été un peu brutale, mais il n'avait pas relevé. Le calme qui régnait ici n'était pas si désagréable et ce n'était qu'une brève halte pour de l'essence. Enfin… c'est ce que je croyais encore, mais comme dans cette ville, rien ne se passait selon mes plans…

Ma montre indiquait dix heures et quart. J'aurais pourtant juré qu'il était plus tard que ça. Il se leva nonchalamment, faisant sauter les clés dans sa main gauche en un tintement joyeux. De la buée s'était formée sur les vitres. D'un geste ample de la main, je me dégageai un espace de vision. Parmi les émanations d'essence exhalaient les odeurs typées de la cafétéria, mélange de graisses chaudes, froides, de café, de tabac… L'ensemble s'avérait écœurant et je me demandais comment des gens pouvaient avoir de l'appétit dans de telles conditions. Enfin, je supposais que pour manger cette nourriture infâme, ce n'était pas d'appétit dont on devait parler, mais plutôt d'instinct de survie. Nicolas sifflotait comme s'il était en train de se balader ou de faire quelque chose d'agréable. Sa légèreté avait un je ne sais quoi d'incommodant pour moi, qui me sentais si mal à l'aise dans ce milieu. Il ne se pressait pas ! Un homme gras et petit qui venait sans doute d'achever son repas s'avança vers lui. Je n'entendis pas leur conversation. L'inconnu repartit assez vite en haussant les épaules. Il désirait sans doute du feu pour allumer sa cigarette. Devais-je m'inquiéter pour la suite de la soirée ? Nicolas remit le pistolet sur la pompe. Il prit deux ou trois feuilles de papier bon marché à la disposition des clients pour s'essuyer les mains. Sans être maniaque, j'estimais que ce n'était pas suffisant. Je préconisais plutôt le port de gants et l'utilisation de lingettes nettoyantes. À ma plus grande joie, nous allions quitter ce lieu nauséabond. L'idéal avec les nouvelles pompes, c'était qu'elles permettaient de faire le plein à n'importe quelle heure, quel que soit le jour. Plus besoin d'intermédiaire et le paiement par carte était très rapide, enfin sauf quand la machine refusait la transaction en avalant le morceau de plastique ! Par chance, ce soir, tout fonctionnait.

Mais voilà que mon chauffeur se dirigeait vers la cafette ! Que fabriquait-il ? Il n'allait quand même pas à un rendez-vous en me laissant toute seule dans le noir au milieu des routiers qui n'arrêtaient pas de circuler ? La soirée n'était pas drôle du tout. Je réprimai une forte envie de le plaquer là, en me tordant le cou pour tenter d'apercevoir quelque chose à travers la buée de la voiture et la fumée. Peine perdue. Je décidai de lui accorder sept minutes, pas une de plus. S'il n'était pas réapparu avant cette limite de temps, je m'en irais. Je regardai ma montre, n'ayant rien d'autre à faire, observant les aiguilles qui tournaient trop lentement à mon goût. Alors qu'il ne lui restait plus que vingt secondes, le Don Juan ressortit, un immense sourire aux lèvres, des victuailles plein les mains. Il frappa du coude sur la vitre pour que je lui ouvre et annonça fièrement :

— Deux cafés noirs et des beignets aux pommes ! Désolé pour l'attente, mais il y a foule là-dedans !

— Merci, lâchai-je à contrecœur, en simulant un sourire. Je te dois combien ?

— C'est moi qui régale.

J'hésitais à mordre dans la pâtisserie et à tremper mes lèvres dans ce breuvage que j'appréciais pourtant fortement et qui sentait si bon. L'odeur me narguait, mais je craignais qu'il ne m'empoisonne ! Je sais, ça pouvait paraître stupide, mais en vue des derniers événements… Et puis il ne fallait pas oublier que Nicolas était mon suspect numéro un ! Heureusement pour moi, il lançait le contact et ne semblait pas avoir remarqué mes hésitations. Une chance. Il me pria de bien vouloir lui tenir sa collation pendant qu'il nous entraînait dans un endroit plus agréable où nous pourrions déguster tout cela tranquillement. Et moi qui voulais rentrer…, chuchotais-je si faiblement qu'il ne m'entendit pas. Je fermai les yeux essayant de me calmer, car je commençais à bouillir intérieurement.

Finalement, il me conduisit au bord d'un fleuve minuscule. Quelques bateaux étaient arrimés à quai, mais le coin était absolument désert.

— J'ai pensé que tu ne connaissais pas encore. Si tu as l'âme sensible comme moi, tu devrais apprécier. Tu me rends mon café ?

Je lui tendis… ou plus exactement je lui donnai le mien. Comme c'étaient deux noirs et que je n'avais encore rien bu… On n'est jamais trop prudent, songeais-je. Comme les beignets se trouvaient dans le même sachet, je n'avais rien à craindre de ce côté-là. Nous dégustâmes en silence et je dois bien admettre que l'endroit était féerique. L'odeur agréable de l'eau, les cygnes qui glissaient en silence dans la nuit, les étoiles qui brillaient dans le ciel dégagé, le piano qui égrainait toujours ses notes en une succession de ballades plus romantiques les unes que les autres. Il ne manquait plus que le troubadour énonçant ses poèmes. Presque trop beau pour être vrai.

— L'appartement te plaît ? s'enquit-il, troublant ainsi la quiétude du soir.

— Oui, il est relativement petit, mais confortable.

Je remis en place mon éternelle mèche rebelle. Posait-il ses questions pour passer le temps ou avait-il un autre but derrière la tête ?

— Je viendrai récupérer les affaires de mon père un de ces jours. Son père… J'avais dû réfléchir un instant. J'avais presque oublié qu'il était le fils de Debussy. Un café, un numéro de charme et déjà je baissais ma garde ! Je décidai de ne pas lui dévoiler leur absence.

— Pas de problème ! À propos, le chat va bien, dis-je.

— Le chat ? Quel chat ? Il avait un chat, lui ? Je croyais qu'il en avait peur ?

— Ben en tout cas, il y en avait un quand je suis arrivée sur place.

— Ah bon… Ah bon… Ben, écoute, garde-le si tu veux ou si tu peux. Moi, avec les tournées… et puis je ne me sens pas capable de m'en occuper. À moins que je le place quelque part. Je passerai une petite annonce si tu le souhaites.

Il était absolument hors de question pour moi d'abandonner Bastet.

— Non, non, je la garde, je m'y suis déjà tellement attachée.

— Ah ! C'est une chatte alors ? Et elle s'appelle comment ?

— Je ne sais pas comment ton père l'avait nommée. J'aurais pu le demander à Fred d'ailleurs ! Mais je l'ai appelée Bastet.

— Comme la déesse égyptienne…

— Et oui.

Que lui répondre d'autre ? C'était le premier nom qui m'était venu à l'esprit de toute manière.

— Tu viens d'où exactement ? Je devine à ton accent que tu n'es pas d'ici ?

— Conques.

Je ne précisai pas. Connaissait-il ? Sans dévoiler une quelconque émotion, il poursuivit :

— Ça doit te changer.

— C'est sûr. Remarque j'ai déjà eu pire. Je ne lui mentais qu'à moitié. À Paris, tu sais, la vie n'est pas toute rose ! Entre le RER et les embouteillages, sans parler de la mauvaise humeur quotidienne.

— Oui, oh, je connais un peu, j'ai un copain là-bas, enfin plus exactement… j'avais. Il est mort du sida l'année dernière.

— Désolée…

Toujours difficile de trouver les mots justes dans ces conditions.

— Cela fait partie des choses avec lesquelles on doit vivre à notre époque. Énonça-t-il d'un air résigné, les yeux perdus dans ses pensées. Il me parut alors plus sympathique.

— Sans doute… Vous étiez proches ? m'enquis-je après avoir cherché une réponse valable pendant plusieurs secondes.

— Oh… Comme si, comme ça… Nous nous étions rencontrés par hasard dans un hôtel mal famé il y a quatre ans quand lui et moi débutions dans le métier. Nous avions sympathisé, bu quelques bières. Depuis j'y allais de temps en temps au gré de mon emploi du temps. Ni très proches ni étrangers, juste deux acteurs qui essaient de percer et se soutiennent dans leur galère. Enfin, voilà quoi.

— Oui, je comprends.

Je ne comprenais qu'à moitié en fait. Comment être proche de quelqu'un sans trop l'être, et être aussi insensible à la mort ? Le masque dépourvu d'émotion qu'il enfilait la plupart du temps m'effrayait. À moins que ce ne fût une autre de ses ruses d'acteur pour se protéger.

Je sursautai violemment, il me parlait :

— Un bowling ?

— Quoi ? À cette heure-ci ? Je ne simulais pas, abasourdie par sa proposition.

— Ben oui, quoi tu es en week-end, non ? Tu ne vas pas te coucher comme les gamins ! Et puis tu dois connaître d'autres endroits que ton collège. Ce serait dommage que tu passes à côté du meilleur, avait-il ajouté dans un clin d'œil.

C'est fou ce qu'on m'en faisait ces temps-ci. Me voilà rembarquée dans une soirée. Ah ces acteurs, increvables ! À dire la vérité, je ne m'étais pas autant amusée depuis fort longtemps. Les éclats de rire se succédaient avec Nicolas et sa bande. C'est au moment de quitter tout le monde, alors qu'il me tenait par l'épaule que je glissai sur les feuilles mouillées qui jonchaient le trottoir. Nicolas, en voulant me rattraper, se retrouva à terre, allongé sur moi. Nous éclatâmes de rire, surpris, puis, alors que des trombes d'eau se déversaient sur nous, il me donna un baiser, d'abord fugace puis tendre et chaleureux, ses lèvres se collaient aux miennes sans être trop pressantes et sa langue cherchait la mienne et la trouvait avec expertise. Ce premier baiser dura de longues minutes. Il me raccompagna dans ma chambre et tout en me déshabillant lentement, m'embrassa sur toute la surface de ma peau, comme un poète qui a retrouvé sa muse après une trop longue absence. L'odeur de son après-rasage se mêlait à celle de la lessive et des draps propres. Dans le calme absolu, oubliant les flocs de l'évier et tous nos soucis, nous fîmes l'amour, avant de nous endormir blottis dans les bras l'un de l'autre.

Je sentais l'air frais du petit matin qui filtrait par la fenêtre entrouverte pour venir caresser ma poitrine nue. Je savourais l'instant présent, les paupières closes. Ce moment était à moi, que rien ni personne ne vienne me le gâcher ! La fin de soirée avait été merveilleuse. Un vrai conte de fées. Je retardais le plus possible le moment de revenir les pieds sur terre. J'appréhendais d'ouvrir les yeux. Et s'il n'était plus là ? Si je lui avais servi uniquement à satisfaire une pulsion sexuelle ? Le téléphone sonna et je dus me résoudre à me lever. J'enfilai un T-shirt rapidement avant d'aller répondre. Comme dans mes pires cauchemars, mon amant n'était plus là. Je n'eus même pas le temps de digérer cette nouvelle.

— Oui chérie ? C'est moi, Laurent !

Laurent ? Laurent ! Mince, je l'avais oublié celui-là !

— Oui… Ça va ? bredouillais-je en tentant de recouvrer mes esprits.

— Je voulais juste te dire que j'arriverai dans une petite demi-heure, comme prévu. Je finis mon café et je reprends ma route. Tu me manques.

Il avait déjà raccroché. Comment ça, comme prévu ? Prévu par qui ? La lettre, oui, c'était sûrement la lettre de Sylvie qui me l'annonçait… sauf que je ne l'avais pas encore ouverte. Et voilà que ça sonnait à la porte. Ce n'était quand même pas déjà lui ? Alors que je m'apprêtais à ouvrir, Nicolas entra, un sac de croissants dans la main.

— Pour le petit déjeuner ! annonça-t-il en un sourire.

J'étais heureuse de le voir. Il ne m'avait pas laissée tomber. Mais je déchantai rapidement… Laurent allait arriver. Comment mettre Nico à la porte sans en avoir l'air ? Pourquoi fallait-il que je me retrouve toujours dans des situations pareilles ?

— Alors, tu ne m'embrasses pas ? La nuit a été si mauvaise ? s'étonna-t-il.

Que faire ? Après tout, mon amant connaissait ma situation et n'ignorait pas que j'étais fiancée. Pouvais-je lui dire la vérité ? C'était le plus simple à faire, mais j'avais vraiment envie de le revoir moi ! Et ce n'est pas en le mettant à la porte après une nuit d'amour que j'allais bien paraître à ses yeux ! Si un homme m'avait fait ça, je ne lui aurais probablement jamais pardonné… Et puis restait entier le problème de sa fille ou de son fils qui rejaillissait soudain dans mon esprit. Il était si beau, attendant timidement ma réaction. Je me détestais pour ce que j'allais lui dire.

— Écoute Nico, heu… voilà… Je t'assure que la nuit a été merveilleuse et que je ne demande qu'à recommencer… mais…

— Mais tu ne veux plus qu'on se voie, c'est ça ? Ne prends pas de gants, j'ai l'habitude ! Je m'attendais à autre chose de ta part. Inutile de me raccompagner. Garde les croissants en souvenir.

Mince ! Il descendait les escaliers. Je ne pouvais tout de même pas le poursuivre dans ma tenue ! J'étais encore à la porte, ébahie, le déjeuner à la main quand Laurent arriva par l'ascenseur. Ils auraient pu se croiser. Quel scandale !

J'avais l'air fine moi, avec mon T-shirt si court que je priais pour qu'aucun voisin ne surgisse. Qu'allait penser mon fiancé ? Rien de bien bon j'en avais peur ! Jaloux comme il était ! De la sueur glacée commençait à couler le long de mon front. Toute la magie de la nuit s'était éclipsée. Je devais faire face à mes actes. Avouer ? Mais dire quoi ? Je n'aimais pas Nico. Il n'éprouvait certainement rien pour moi. Alors quoi ? Que j'ai eu quelques pulsions à assouvir ? Je refermai légèrement la porte, dissimulant les croissants sous un gilet noir en grosses mailles de laine qui traînait par là. Comment lui expliquer la présence de viennoiseries ? Il n'était pas bête : on ne va pas à la boulangerie à moitié nue. Pendant les quelques secondes que Laurent mit à arriver jusqu'à moi, je m'efforçai de réfléchir aux preuves que la soirée avait pu laisser dans mon appart. Difficile à dire. Comme tout avait été impromptu, mon amant n'avait pas eu le temps d'emporter des affaires. Nous n'avions rien fait à la cuisine. Seule la chambre présentait un danger. Mais comme je donnais l'impression de me lever… impression pas tout à fait fausse d'ailleurs. L'heure de vérité allait sonner. Laurent m'embrassa froidement avant de m'écarter pour rentrer. Bon d'accord, nous étions fiancés, mais un peu de savoir vivre n'avait jamais fait de mal à personne. Pour le coup, ma colère naissante effaça tous mes scrupules. Je n'avais pas à avoir honte. S'il était plus présent, plus doux, plus attentionné avec moi, après tout, je ne l'aurais jamais trompé. Qui oserait me jeter la première pierre ?

— Tu te lèves seulement ? s'étonna -t-il en me dévisageant d'un air sévère.

Désolée si je ne m'étais pas levée aux aurores pour l'attendre et lui jouer un hymne de bienvenue à la trompette… !

— Heu, je me suis couchée tard.

Ce n'était pas un mensonge.

— Tu vas quand même aller prendre une douche non ?

Non, non, je vais rester sale toute la journée ! Ce qu'il pouvait m'agacer quand il jouait au grand frère ! On ne s'était pas vus depuis plusieurs jours et c'était tout ce qu'il trouvait à me dire !

— Oui oui, j'allais justement y aller ! Après, nous irons manger quelque part si tu veux ! Tu dois être affamé après ce grand voyage !

Et paf ! Comme ça il passera moins de temps chez moi !

— Ok ! Je peux brancher mon portable ? J'ai un travail à finir. Puisqu'il faut encore t'attendre…

— Fais comme chez toi !

Je préférais ne pas relever le fait qu'il avait employé le mot encore. Je sautai sous la douche et je me lavai plus rapidement que jamais. Mon cœur continuait à tambouriner dans ma poitrine. Et l'eau faisait un tel boucan que je n'arrivais même pas à entendre ce que faisait Laurent. Du calme, ma vieille, tout est sous contrôle ! L'eau chaude rutilante ne me détendait même pas. La mousse parfumée à la noix de coco ne me procurait aucune sensation de bien être habituelle. D'ordinaire, j'appréciais ce moment, mais aujourd'hui rien ne me faisait plus plaisir que d'expédier très vite cette tâche. Je faillis me retrouver les quatre fers en l'air en manquant à moitié la marche de la douche. Enveloppée dans une épaisse serviette bleu nuit, je retournai vers Laurent. Visiblement, je m'étais inquiétée pour rien puisque monsieur, qui ne leva même pas un œil pour me regarder, fixait sans doute son écran depuis tout à l'heure. Je ne pris pas la peine de le déranger. Dans la chambre, je fis le lit et remis un peu d'ordre avant même de me vêtir. Finalement, rien ne laissait transparaître mon plaisir nocturne, encore bien même que Laurent fut apte à déceler quelque chose… Si son ordinateur avait un problème, il le remarquerait sans doute, mais les choses que je faisais… ça, c'était une autre histoire. J'enfilai un jeans noir à coutures grises ainsi qu'une chemise épaisse en denim marron clair. Je mis mes chaussures de sport et eus des difficultés à découvrir la seconde, qui se cachait sous le lit. Je décidai de continuer mon inspection l'air de rien. Chambre : rien à signaler. Salon : parfait. Cuisine : Nico m'avait laissé un poème vers la cafetière ! Comme c'était mignon ! Pour le coup, je rougis ! Et me dépêchai de l'empocher. Et dire que Laurent aurait pu tomber dessus. J'étais à deux doigts d'une nouvelle catastrophe ! Mais au fait, où pouvait donc bien se cacher Bastet ? Mon chat ! Mince… Décidément, la journée débutait à ravir ! Bon que je réfléchisse. Si j'étais une boule de poils apeurée, quelle serait la place idéale ? Je retournai dans la chambre. La couette était en place, rien n'avait bougé, l'ours en peluche toujours calé entre les oreillers. Je me mis à quatre pattes, regardant dessous le lit désert. Ah non, il y avait quand même une chaussette blanche. Je la saisis et allais la jeter dans le panier à linge, lorsque je découvris la belle, en boule sur l'un de mes pulls. Elle émit un miaulement plaintif.

Oui chérie, je vais te remplir tes gamelles immédiatement. Il faut que je te présente au vieux grognon qui est dans notre salon, et ça c'est pas gagné ! Sois sage quand même. Je n'ai pas envie de me prendre la tête aujourd'hui, OK ?

Elle me regarda d'un air entendu. C'est fou ce que parfois les animaux peuvent être plus compréhensifs que les humains ! Il y a en a qui devraient bien prendre exemple sur eux.

— Laurent, je te présente mon chat, Bastet !

— Hein ! Mais qu'est-ce que tu t'emmerdes avec ça ? Pratique n'est-ce pas pour voyager ! Pis tu crois que les propriétaires t'accepteront avec une bête ? Et en plus, c'est sale ! Tu veux que nos enfants aient des problèmes de santé ? Ou qu'ils deviennent inconsolables quand cet animal se fera écraser par une voiture ?

— On n'en est pas encore là ! Et puis tu ne l'as même pas regardée !

— Ce n'est qu'un chat ! Bon, j'ai presque terminé. On pourra partir dans un quart d'heure. Tu as certainement des tas d'endroits à me faire découvrir.

Pas tant que ça en fait ! Si je lui disais que durant ma semaine j'avais déjà visité un cimetière, un poste de police et une salle de jeux clandestine ? J'étouffai un fou rire naissant tandis que mon fiancé me regardait comme si je descendais d'une autre planète. Par rapport à lui, c'était presque sûr ! Il renouait sa cravate noire méticuleusement, la bloqua dans la ceinture de son pantalon, la centra sur les boutons de sa chemise blanche, enfila sa veste qu'il brossa d'un revers de main. Je supposai que ça voulait dire qu'il était prêt à partir.

— T'as changé de voiture ?

Il ne me l'avait même pas dit !

— L'autre commençait à m'agacer, et puis tu as vu, celle-là a un toit ouvrant.

Ben oui, je voyais ! Encore une auto de frimeurs. Prof de maths flambeur, que de qualités pensais-je ironiquement. Je me rendais compte depuis qu'il était arrivé à quel point je ne l'aimais plus. Nous avions déjà combattu tellement de crises. Mais pourrions-nous nous relever de celle-ci ?

— Alors, on va où ?

Je mourrais d'envie de lui présenter le Jean Valjean et Fred, mais il ne comprendrait pas, ce n'était pas de son standing. Un musée ? Je ne savais même pas s'il y en avait un. Il fallait que je trouve un endroit où manger. Oui, mais à onze heures…

— Je vais te montrer où je travaille, puis nous irons dans un restaurant chinois si tu veux. Je n'ai pas eu encore l'occasion d'y aller, mais comme je sais que tu adores ça, et puis je voulais le tester parce qu'a priori je suis ici pour un bout de temps !

— OK

Je fis travailler ma mémoire pour retrouver la marche à suivre jusqu'au collège, en voiture c'était une nouveauté pour moi. Il fut horrifié par la laideur des lieux, comme moi quelques jours auparavant, il faut dire que l'endroit où il enseignait datait du début du dix-huitième, tout en pierre de taille, classé monument historique. Mon collège préfabriqué ne payait pas de mine à côté.

— Heureusement qu'ils te paient parce que ça doit être l'enfer là-dedans.

— On s'habitue à tout, répondis-je.

— Tes collègues sont comment ?

Ah enfin, il s'intéressait un peu à moi ! Mignon, pensais-je !

— Oh, tu sais, en une semaine, on n'a pas le temps d'apprécier les gens.

Bon OK, je n'étais pas particulièrement coopérative non plus quand il me posait des questions, mais je n'avais pas eu le temps de me préparer mentalement à le revoir.

— Si l'on allait manger ? On aurait plus de temps pour profiter de l'après-midi.

J'acquiesçai.

À onze heures dans cette région, il faisait plus que frisquet. Je réprimai péniblement les frissons qui me parcouraient. L'hiver approchait indubitablement à pas de géant. J'avais envie d'un dîner romantique au coin du feu et d'un après-midi câlin à me reposer paresseusement. Au lieu de cela la journée s'annonçait morose et, comment ne pas m'en vouloir pour la façon dont j'avais traité Nico ? Méritait-il cela ? Après le suicide de sa mère, le meurtre probable de son père, l'enfant dont il ignorait l'existence, une fille qui couche avec pour le larguer dès le lendemain… parce qu'après tout, je venais de lui faire subir le sort que je ne voulais surtout pas que l'on me réserve. La pire chose pour moi ne devait pas être agréable à endurer pour lui. Je baissais dans mon estime déjà relativement bas en ce moment. Je ne valais pas mieux que toutes ces petites gourdes que l'on trouve un peu partout. Je trompe Laurent avec Nico tout en pensant à quelqu'un d'autre… Car en y réfléchissant, je n'éprouvais pas grand-chose pour le fils de Debussy, j'aimais la façon dont il me traitait et la manière dont il me respectait. J'appréciais le reflet de ses yeux amoureux dans les miens, car depuis longtemps mon fiancé ne me regardait plus ainsi. Justement, monsieur s'impatientait à mes côtés tandis que je faisais mine de déchiffrer avec attention l'affiche des plats proposés collée sur la devanture du restaurant.

Nous entrâmes. L'odeur écœurante me faisait remonter l'estomac. J'avais pourtant atrocement faim. Le souvenir des croissants dissimulés sous mon gilet me faisait envie. Au lieu de cela, j'avais en tête de commander un poulet avec du riz cantonais et des nems. L'endroit était simple, mais bien agencé. Six tables de quatre, une impression d'ensemble de jaune et de vert. Une petite dame aux yeux bridés et aux longs cheveux noirs rassemblés dans un chignon parfait accouru. Sa tenue vestimentaire était stricte, mais sophistiquée, un pantalon de toile noir, une chemise de soie rouge avec un immense dragon foncé qui couvrait tout le côté droit. Cet animal était l'emblème du lieu. Je n'étais pas fanatique de cette atmosphère inhabituelle ni de cette nourriture qui dérangeait mes papilles de fille du Sud. Laurent aimait, c'était ce qui m'importait, me redonnait un peu de bonne conscience. Dans mon for intérieur, je savais que c'était surtout pour ne pas le laisser envahir mon espace que je désirais m'enfuir à l'extérieur.

— Je te trouve distante.

Que répondre ? Il n'était pas psy, mais mon comportement devait être si flagrant…

— Je suis un peu fatiguée, répondis-je à défaut de trouver une excuse valable.

— Fatiguée, s'étonna-t-il ? Mais tu t'es levée à dix heures ! C'est plutôt moi qui devrais être crevé ! J'ai fait pas loin de mille kilomètres pour venir te voir et tu me fais la tête depuis ce matin. C'est un comble !

Il poursuivait son nombrilisme, mais il avait tellement raison. J'étais ingrate. Des deux, c'était moi la pire ! Une évidence qui me faisait mal au ventre. À moins que ce soit la faim qui me rappelait une nouvelle fois à l'ordre ? Je lui présentai mes excuses en lui dévoilant une partie de la vérité.

— Je viens d'apprendre récemment que mon prédécesseur s'était suicidé dans l'appartement que j'occupe, alors ça perturbe un peu mon sommeil, surtout que je suis seule.

Ma déclaration plutôt que de l'inquiéter semblait l'avoir apaisé. Quant à moi, je tentais tant bien que mal d'oublier pour le week-end le déroulement de ces derniers jours pour me rapprocher du modèle de femme, telle que l'imaginait certainement le génial prof de maths qui remuait sa fourchette en face de moi.

— Tout se passe bien au boulot ? demandais-je, soudainement décidée à m'occuper au mieux de lui.

— Ça va. Filipé, le gamin dont je te répète souvent qu'il gâche son potentiel, à l'air d'avoir trouvé une petite amie. Je les vois ensemble avant les cours. Cela ne lui a pas porté préjudice contrairement à la plupart des autres. Il a augmenté ses notes de dix points en moyenne, c'est énorme ! Il a presque rattrapé le retard qu'il avait accumulé.

— Formidable pour lui, rétorqu'ai-je. C'est important de partir dans la vie avec de bonnes bases.

— Tiens, Martine, la blonde, m'a dit de te passer le bonjour. À propos, un poste va se libérer l'année prochaine. Tu postuleras ? Je te propose de nous pacser, comme ça tu pourrais rejoindre mon académie et ça nous changerait la vie.

Tandis qu'il achevait ses nems, il me tendit une chemise cartonnée rouge dans laquelle étaient réunis par un trombone tous les papiers nécessaires à l'obtention de ce statut. Déjà que la façon dont se déroulait la procédure n'avait rien de romantique, le fait de me parler de ça de but en blanc dans un restau chinois entre deux nems était encore plus pathétique. Je suis certaine aussi qu'un jour il n'hésiterait pas à demander ma main, pour obtenir une réduction d'impôt. Il était comme ça, Laurent.

— Tu ne les prends pas ? me demanda-t-il agacé. Ses yeux devenaient de plus en plus méchants chaque seconde. Je m'empressai de lui annoncer :

— Si, si, bien sûr que si !

Je ne voulais pas l'offenser. Le problème c'était que je ne savais pas vraiment quoi en faire. Ça ne rentrait pas dans mon sac à main. Heureusement, on nous apportait notre poulet ce qui mit un terme à cette conversation pénible.

— Excellent, s'exclama-t-il ! On a bien fait de venir. Tiens, j'ai mis l'appartement en vente.

— Ah bon ? L'appartement ? Mais pourquoi, lançai-je effarée ?

— Il y en a un plus grand qui se libère. Je l'ai pris.

— Tu aurais pu m'en parler.

— Je pensais que ça ne te poserait pas de problèmes. Tes affaires y sont déjà. Tu verras, ça te plaira.

Le pire c'était que son geste ne m'étonnait pas. Une fois, il avait fait comme ça avec mon ordinateur. J'étais partie travailler et quand j'étais rentrée le week-end, il l'avait vendu à un de ses étudiants et m'en avait racheté un autre deux fois plus puissant. D'un sens c'était affectueux, il voulait que j'aie tout ce qu'il me fallait en remplaçant les vieilleries selon ses propres mots. En revanche, c'était sa façon d'agir qui me perturbait.

— Tu as même un bureau spécialement pour toi. Je t'ai commandé des étagères. Tu pourras y ranger ce que tu veux, on les recevra dans la semaine. Ça te fait plaisir ?

— C'est très gentil. Les desserts ne m'inspirent pas. On va s'acheter un gâteau et on le mange à la maison ?

Je continuais à ramper devant lui. Plus pathétique que méchant, pourtant maintenant je m'apercevais du fossé énorme qu'il y avait entre nous. Il me tendit ses clefs sans cérémonie.

— Je vais payer. Tu m'attends dans la voiture ?

— Si tu veux.

Dehors, les gamins jouaient au football en prenant comme but la porte des garages. Intéressant pour eux comme repère, mais assez bruyant pour les locataires de ces vieux immeubles. Nous garâmes la voiture sur le parking puis nous décidâmes d'aller jusqu'à la boulangerie située à deux pas à pied. Il enserra ma taille avec son bras gauche et nous marchâmes comme au bon vieux temps, celui du premier baiser, enlacés. Il me donna un long et tendre bisou juste avant de rentrer dans la boutique. Nous choisîmes deux fondants au chocolat. La vendeuse, blonde aux yeux émeraudes nous gratifia d'un magnifique sourire avant d'emballer nos petits gâteaux dans une boîte en carton rose avec une fille aux cheveux d'or dessinée sur le couvercle. Nous repartîmes avec les desserts.

Au bord du trottoir, un jeune garçon, qui ne devait pas dépasser six ans, jouait avec une trottinette rouge. Il s'amusait à faire tinter la sonnette.

— Les gens d'ici laissent traîner leurs gosses comme ça, s'insurgea-t-il ? C'est dangereux ! Ils n'ont pas honte ?

— Ben, ils te répliqueront qu'ils travaillent, que la gardienne coûte cher, qu'ils sont fatigués, que ça leur forge le caractère… Tu sais, la plupart de mes élèves rentrent seuls et le restent jusqu'au soir. C'est comme ça. C'est triste, navrant, mais… il faut faire avec.

— Oui pas étonnant de voir la délinquance croître à une vitesse faramineuse. Un enfant demande une attention de tous les instants, il faut l'éduquer, l'aimer tout simplement aussi. Tu crois que ceux-là reçoivent tout l'amour qu'ils méritent ?

Je ne sus que répondre. Je doutais que la solution puisse se trouver en quelques minutes. Au loin, deux adolescentes criaient sur une troisième, la tête rentrée dans les épaules, elle sanglotait. Personne ne venait voir si elle avait besoin d'aide. Même nous, nous n'osions nous en mêler.

J'activai le passe magnétique bleu et tirai la porte à moi. L'ascenseur montait au dixième, comme nous l'indiquait l'affichage digital. Me doutant que nous irions bien plus vite en passant par les escaliers, je pris une profonde inspiration et gravis les marches. Mon fiancé suivit sans broncher. Arrivée au quatrième, je voulus allumer la lumière du palier, mais un petit malin s'était amusé à casser l'ampoule. Heureusement, mon porte-clefs était pourvu d'un mini faisceau laser. M'éclairant tant bien que mal j'introduisis ma clef dans le verrou puis ouvris la serrure et la porte en grand. Tandis que je me penchais en avant pour prendre Bastet dans mes bras et allumer, j'entendis un grand fracas, le temps que je me retourne, je vis Laurent allongé par terre la tête baignant dans une marre de sang. À ses côtés, une bouteille de champagne brisée. Non, hurlai-je ! Je courus à lui, affolée. La voisine ameutée se précipita.

— On…, on… a agressé mon fiancé ! bégayais-je entre deux sanglots. Je n'osai pas vérifier s'il était encore en vie.

— J'appelle les pompiers, m'informa-t-elle. Prenant mon courage à deux mains, je me penchai sur le corps et tentai de trouver son pouls. Le cœur battait encore, mais Laurent respirait faiblement. Je tremblais. Je n'allais certainement pas tarder à tourner de l'œil. Je vomis. La texture brunâtre se mélangea au chocolat des gâteaux qui jonchaient le sol, les papiers du pacs s'éparpillèrent au milieu. Mes yeux restaient fixés sur ce tableau étrange qui se détachait dans la pénombre. Au loin, les sirènes des pompiers résonnaient.

VIII

Quand je repris connaissance, j'étais dans une chambre d'hôpital aux murs lavande. Une infirmière prenait mon pouls. J'avais atrocement mal à la tête. Tout me revenait en mémoire progressivement : Laurent, le pacs, le corbeau, le meurtre, le couloir, tout ce sang...

— Et bien ma vieille, tu nous as fichu une sacrée trouille !

Je tournai la tête : Fred et Bastien ! Ils souriaient timidement à mes côtés.

— Comment avez-vous su que...

Fred me répondit sans attendre la fin de ma phrase, en bondissant jusque vers ma tête.

— Nico a appelé. Il est arrivé quasiment en même temps que les pompiers. Ça va ?

Elle scrutait mon visage à la recherche d'une réponse, ne faisant sans doute confiance qu'à son propre jugement. Lui restait un peu en retrait, effacé.

— Je ne sais pas trop, je me sens fatiguée. Comment va...

Elle me coupa la parole de nouveau et me répondit à voix basse en se penchant près de mon oreille :

— Laurent est dans le coma. Son état est stationnaire.

Dans le coma... Songeuse, je constatai que les choses s'accéléraient. Après les menaces, il avait décidé de passer à l'acte. Un message d'avertissement dont je devais tenir compte. La police me rirait-elle encore au nez ? J'arrêtai là mes supputations, car un médecin d'un âge mûr, les tempes grisonnantes et les yeux clairs, arrivait.

— Comment vous sentez-vous ?

Il consultait ses fiches sans relever les yeux, tournait des pages, prenait des notes, mais ne semblait absolument pas soucieux. Il me regarda gentiment.

— Fatiguée, mais ça va.

Que répondre d'autre ? Un vide immense m'envahissait. J'étais abattue, et en colère intérieurement de n'avoir pas empêché l'attaque, mais cela n'était pas l'affaire de la médecine.

Après un nouveau moment de silence qu'il mit à profit pour consulter toute la paperasse, il déclara sûr de lui :

— Vous pouvez rentrer chez vous. Je vais préparer les papiers. Reposez-vous, c'est le meilleur remède.

Me reposer ! Il en avait de belles lui. Arriverait-il à se reposer si sa femme arrivait au seuil de la mort ? Enfin, au moins, je pouvais sortir ! Je n'aurais pas supporté de rester enfermée entre ces quatre murs sans pouvoir rien faire.

— Je te raccompagne ! déclara Bastien en levant le menton d'un geste volontaire, à la manière d'un soldat prêt à tout pour sauver sa patrie.

— Et moi, je reste avec toi chez toi. Attends ! Je vais t'aider à t'habiller, acheva Fred.

Mon ange gardien quittait déjà la pièce alors que la serveuse me tendait la main pour me relever.

— Je… je peux… bafouillai-je, tandis qu'elle enlevait ma blouse d'hôpital.

Je rougis gênée. Elle ne semblait pas s'en apercevoir et déchirait le sac en plastique transparent qui contenait mes vêtements. J'enfilai tout le plus rapidement possible. Dans mon cerveau, tout s'enfumait. Elle me traîna jusqu'à l'accueil où je signai. Bastien attendait devant l'entrée en enchaînant les cent pas.

— La voiture est par là.

Il me soutint par l'autre bras. J'avais l'impression d'être un enfant à qui l'on apprenait à marcher. La pluie avait recommencé à tomber et se mélangeait aux larmes que je tentais pourtant de retenir. Lors du trajet, Bastien faisait tout pour rendre l'atmosphère moins pesante et rompre les silences envahissants.

— Tu veux que je m'arrange avec Radulac pour que tu aies du repos ?

— Non, je suis déjà remplaçante… et puis travailler un peu me permettra de penser à autre chose. Je me voyais mal ressassant mes idées noires, seule, à tourner dans mon appartement.

J'aurais peut-être dû aller voir Laurent ? Que vont-ils penser de moi ? J'aurais peut-être été plus rassurée ? Je songeai avec un brin d'amertume que s'il venait à décéder, je ne savais même pas où se situait notre nouvel appartement, que nous étions pourtant censés occuper en commun. Je m'aperçus alors que Fred me parlait :

— … dans la nuit et puis avec tout ça, c'est sûr que ça va changer…

De quoi pouvait-elle bien parler ? Je n'avais pas le cœur à réfléchir. Les gouttes de pluie s'écrasaient mollement sur le pare-brise, les essuie-glace les chassaient inexorablement. Je me contentais de regarder ce spectacle. Soudain, l'envie me prenait de me coucher sous la couette et de ne plus me relever.

Fred et Bastien parlaient avec animation de l'équipe de handball régionale, discutant stratégie, alignement et rotation. Ils me jetaient régulièrement des coups d'œil. Je savais qu'ils faisaient tout ça pour moi, quelque part ça me touchait, mais je n'avais aucune envie de rentrer dans leur jeu. Feindre s'intéresser à un sport et en parler comme si c'était la chose la plus importante au monde, alors que mon fiancé n'allait peut-être même pas passer la nuit, me paraissait pathétique.

La vieille dame qui roulait devant nous depuis un petit moment trouva le moyen de brûler le feu rouge alors qu'elle ne dépassait jamais la vitesse de quarante kilomètres-heure. Des pneus crissèrent et un jeune ouvrit sa fenêtre pour vociférer des mots d'insulte, mais la vieille dame était déjà loin, et c'est lui qui bouchait la circulation et se faisait klaxonner maintenant. Histoire banale dans une ville agitée. J'esquissai un demi-sourire tandis que Fred regrettait le départ de Valérie Nicolas.

Sur le pont, la circulation était dense, malgré le week-end. À Conques, le dimanche, les gens préfèrent dîner en famille, jouer au tarot, rester tranquillement devant la télé, ou allongés sur un canapé à lire un bon roman. Ici, même quand la semaine était achevée, les habitants semblaient toujours aussi pressés. C'était sans doute génétique, à moins qu'ils ne courent par habitude, comme un réflexe de Pavlov durablement installé ? À droite, se dressait, majestueux, le grand parc densément arboré, irréel en plein centre-ville. Et dire que je n'avais même pas pris le temps d'y aller ! Voilà où j'aurais pu emmener Laurent cet après-midi, entre deux averses ! Laurent… Je me demandais à quoi il pouvait bien rêver dans son coma. Je m'étais déjà documentée là-dessus, parce que ce sujet me passionnait. Certains voient des lumières, un tunnel, d'autres un paysage reposant… L'ironie du sort, c'était que, maintenant que j'étais directement impliquée dans ce phénomène, je ne voulais qu'une chose, que tout cela se termine. Et tant pis pour les expériences. Le cartésien me racontera-t-il une aventure paranormale fabuleuse que même lui ne pourra mettre en doute ? Il se moquait assez de ma crédulité. S'intéresser aux vampires, sorcières, dragons et autres mythes, n'avait rien de bizarre, en somme, ce n'était guère plus que de la culture populaire. Nous nous engagions dans la mini ville constituée par tous ces immeubles. Dans moins de deux minutes, je serai à domicile.

Fred me sortit de ma torpeur :

— Comme je dors chez toi cette nuit, on passe prendre des affaires chez moi. Montez boire un café !

Je me laissai entraîner. Comment ça, elle dormait chez moi ? Quand est-ce que cela avait été décidé ? Pendant que j'étais à l'hôpital encore assommée ou dans la voiture lorsque je n'écoutais pas la conversation ? J'allais protester, mais me ravisai. La solitude m'effrayait, le tueur également. Je préférais avoir de la compagnie ce soir. La dernière fois que j'étais venue, j'avais goûté la cancoillotte, mais la visite avait été écourtée par l'hospitalisation de Béné. À quoi devais-je m'attendre maintenant ? Béné était à l'hôpital, Laurent également, Debussy était mort, Nico s'était enfui de ma vie. Fatiguée, je priais pour que tout se termine rapidement. Je n'en pouvais plus. Je marchais comme un zombie, les cernes sous mes yeux étaient tellement profondes qu'elles me donnaient dix ans de plus. Heureusement que ma faculté de penser demeurait intacte. Mais pour combien de temps encore ? Il y aura bien un moment où ma fatigue physique, ou le fait de m'inquiéter et de ne pas dormir rejailliraient sur mon mental. Allais-je perdre la raison ? Le fait que je me pose la question semblait indiquer que non. J'avais toujours lu que les fous ne se rendaient pas compte qu'ils l'étaient. Pourtant l'extérieur commençait à m'être égal. Assise à côté de Bastien sur le canapé, pendant que Fred faisait le café, je tenais une tasse vide, mais je me souvenais même plus qu'on me l'avait mise dans les mains. Je me sentais à la limite d'un basculement interne irrémédiable.

La dynamique serveuse courrait de part et d'autre de l'appartement amenant tour à tour un grand sac de voyage, deux bouquins, deux jeans, une pile d'au moins huit T-shirts, des sous-vêtements, une brosse à cheveux, une trousse de toilette. Tout ça pour passer une nuit avec moi ? Je n'en revenais pas. Je restais bouche bée devant le spectacle, laissant mon café refroidir. Elle lâcha : « *Qu'il est petit ce sac !* » Bastien se leva pour l'aider à fermer le tout. Je songeai au volume de bagages que mon amie pourrait emmener lors d'un voyage d'une semaine. Je souris, au moment où les deux décidèrent de relever la tête.

Je vois que tu ne te laisses pas abattre, dit-elle en me prenant la main libre, je suis heureuse. Tu vas voir, on va bien s'occuper de toi.

Je n'en doutais pas, j'étais particulièrement bien choyée dans cette ville inconnue. Dommage qu'un tueur fou décidait de me gâcher tout ça.

— Je t'emprunte tes toilettes, déclara tranquillement Bastien.

Je constatai sans grande surprise que celui-ci connaissait parfaitement les lieux. Ils étaient amis, faisaient partie du même cercle.

— Fais comme chez toi ! ajouta Fred, dans un clin d'œil complice.

Le professeur temporairement parti, elle en profita pour venir à mes côtés.

— Tu veux rentrer tout de suite chez toi Caro, ou on entame une partie de cartes ?

Étrange question. Je n'avais pas envie de jouer, mais que pourrais-je faire de plus à la maison, à part me ronger les ongles au sang, en attendant un hypothétique coup de téléphone des médecins ? Je décidai de prendre sur moi. Acceptant sa proposition à mes conditions.

— On va jouer si tu veux, mais chez moi, au cas ou l'hôpital téléphone. Je préfère. Ça me rassurerait !

— Aucun problème chérie ! J'emmène le café. Il est encore chaud !

Je tiquai. Des éclairs de malice brillèrent dans ses yeux, ce qui me fit soudain songer qu'elle n'avait pas allumé de cigarette depuis ma sortie… Je ne lui avais jamais dit que je détestais ça. À moins que…. peut-être l'autre jour au restaurant ?

— J'emmène des bougies parfumées à la vanille, j'adore. Ça t'aidera à te détendre.

Bastien revenait en sifflotant gaillardement. Elle ordonna :

— On va chez elle au cas où. J'emporte les cartes. Passez devant. Tu es là ce soir ?

— Ben non, tu sais pourquoi… je ne peux pas m'absenter, s'excusa-t-il en la regardant dans les yeux.

C'était marrant comme j'étais exclue des conversations. Un vrai petit enfant pour lequel les deux parents prennent les décisions. Où allait Bastien ? Je n'essayais même pas de lui poser la question. Obtiendrai-je une réponse honnête ? Sûrement pas. Quelque chose me disait qu'une nouvelle fois on me servirait un mensonge sur un plateau, des répliques toutes faites. De peur d'être déçue, je gardais le silence. Peut-être que parmi mes affaires j'y verrais plus clair. Mon collègue me prit la main, comme si j'étais sa fiancée. Un pincement au cœur me prit en pensant à l'agression alors que nous franchîmes la porte. Pourrai-je ressortir un jour seule, sans me sentir en danger ? Je m'attendais à tout moment à ce que quelqu'un surgisse et me tire dessus ou me poignarde. Je savais que c'était stupide. Et pourtant… Était-ce bien Laurent qui était visé ? Après les menaces que j'avais reçues, je pouvais me poser la question. Je regardais de tous côtés, essayant d'apercevoir toute chose inhabituelle, mes sens décuplés, mon cerveau bouillonnant, à la manière d'un garde du corps. Allions-nous prendre l'ascenseur ? D'un côté, je serais rassurée de me retrouver dans cet endroit exigu. D'un autre, je pouvais rester coincée ou être tuée dans un sabotage. J'avais lu sur le journal d'une collègue qu'une enfant était tombée dans un ascenseur parce que la cage elle-même était absente. Les escaliers revêtaient un avantage certain, la fuite étant possible, mais me mettaient plus en évidence. Quelqu'un pouvait m'envoyer une bouteille sur la tête sans que je ne l'entende approcher ou sans que j'aie eu le temps de réagir. Bastien prenait son temps. Trop à mon goût. À moins que ce ne soit à moi qu'il paraissait incroyablement dilaté ? Il appuya sur le bouton d'appel. J'étais fixée : nous n'allions pas descendre à pied.

Je tournais le dos à la porte d'ouverture, afin de surveiller celle des escaliers. Entendant l'ascenseur s'ouvrir, j'exécutai un demi-tour rapide en coupant ma respiration. Personne. J'entrai à la suite de mon compagnon. L'écran à cristaux liquides indiquait quatre, en gros chiffres rouges. Je tremblais. Trois… et s'il s'ouvrait pour prendre des passagers ? Deux… quel silence… mon cœur cognait de plus en plus fort. Un… qui allions-nous croiser dans le hall du rez-de-chaussée ? Ouverture des portes : j'allais être fixée. Un jeune garçon aux cheveux noirs frisés, vêtu d'une salopette grise et d'un gilet en laine grenat jouait avec un yoyo, appuyé contre le mur, le nez baissé. À part lui, une vieille dame qui rentrait des commissions. Aucun danger apparent.

— On y va à pied m'indiqua Bastien, ça nous fera du bien de prendre l'air.

Elle devrait s'en sortir avec ses valises, elle est assez musclée ! Plus que moi sans aucun doute, railla-t-il. En y réfléchissant, j'estimais qu'il devait avoir raison. Il n'aurait aucune chance lors d'un combat à la loyal contre la serveuse.

— J'aurai donc le meilleur garde du corps qu'on puisse avoir cette nuit, lui répondis-je en me forçant à rire. Nous traversâmes d'un pas rapide… Je courrais presque, ayant la désagréable sensation de devenir paranoïaque. Bastien suivait sans rien dire. Naturellement, au moment de me servir du passe magnétique pour ouvrir la porte, celui-ci refusait de fonctionner ! Ce système n'était pas au point. Que ce soit ici ou dans les autres villes traversées, j'avais toujours le même problème. Mon accompagnateur tira sur la poignée d'une manière experte et la porte s'ouvrit. Voilà un éclaircissement de plus au tableau. Pas besoin de clefs pour avoir accès aux boîtes aux lettres. Malheureusement. La liste des suspects pouvait donc s'allonger presque à l'infini. J'en frissonnai de crainte. Inutile donc de soupçonner le facteur ou quelqu'un de l'immeuble ! Maintenant, Bastien était passé devant. Je le suivais, pas très rassurée en ne cessant de me retourner. Fred arrivait déjà d'un pas sportif avec deux bagages à la main. Je retournai sur mes pas pour lui ouvrir.

— Merci ma belle ! Eh ! Bastien ? Tu nous tiens l'ascenseur ? OK ! Alors les filles, on traîne ? lâcha-t-elle joyeusement. La gravité des événements ne semblait pas avoir d'emprise sur elle. Nous la laissâmes entrer d'abord, puis je la suivis.

Le plus drôle c'était que maintenant que je me retrouvais chez moi, je m'y sentais comme une étrangère, pas plus à l'aise que chez Fred, pas moins non plus. Les meubles ne m'appartenaient pas. J'étais arrivée avec deux sacs de sport, c'était là toutes mes affaires, pas suffisant sans doute pour donner une identité à un intérieur. Fred et Bastien se mouvaient avec aisance comme s'ils avaient passé des longues heures ici, en y réfléchissant c'était sans doute le cas. Ils ne m'avaient jamais caché que Pascal Debussy était leur ami. Fred avait déjà investi une partie de l'armoire, rempli le bord du lavabo de gel et autres produits pour les cheveux. Sa brosse à dents avait rejoint la mienne dans le gobelet en plastique. Bastien s'était vautré nonchalamment sur le clic-clac. Bastet ronronnait sur ses genoux en se faisant caresser. Comme si la routine poursuivait son chemin. J'avais ici aussi l'impression bizarre d'être une étrangère. Fred d'un pas assuré apportait la table de cuisine pour la déposer au salon, Bastien, que je n'avais pas vu se lever apportait deux chaises. La serveuse partit chercher la troisième. Un bal bien orchestré, sans fausse note.

— Voilà, c'est prêt ! clama-t-elle !

Je pris place entre les deux, au bout de la table.

— La place du chef ! sourit Bastien.

Le chef… Je ne savais pas encore qui était le responsable de tout cela, en un mot le maître des opérations, mais ce n'était sûrement pas moi ! Docile, je distribuai les cartes pour entamer une partie de poker à trois. Inhabituel, mais il faut croire qu'on ne rejette pas ses pulsions comme ça. A priori, nous jouions en toute amitié et sans enjeu. J'espérais ne pas me tromper. J'avais lu quelque part que dans certaines confréries, si le joueur s'endette, on lui coupe un doigt pour l'empêcher de recommencer. Je poussai ma folie jusqu'à vérifier que mes compagnons possédaient bien dix doigts !

Alors que j'étalais fièrement un brelan d'as, satisfaite de moi, car après tout je ne jouais jamais contrairement à eux, Fred se leva afin d'allumer ses fameuses bougies parfumées. La vanille. Comme elle, j'adorais cette fragrance. Je repensais au nombre de fois où il m'avait semblé la sentir depuis mon arrivée… Avais-je réellement rêvé ? Ou Fred n'y était-elle pas étrangère ? Combien d'heures avait-elle bien pu passer ici ? Qu'avait elle bien pu voir ? Elle vivait juste en face de Debussy. Que faisait-elle le soir où le drame s'était produit ? J'empilais machinalement les jetons que j'accumulais. Rien à voir avec ceux que possédait Bastien, qui, contrairement à ce que j'avais pensé, battait largement Fred qui n'était pas plus douée que moi. Le café coulait et les effluves se mêlaient à celles de la vanille en un mélange subtil et agréable. Je scrutais régulièrement le téléphone qui gardait le silence, malgré toutes les prières que j'avais pu énoncer intérieurement depuis quelques heures. L'atmosphère était très tendue. Nous regardions nos cartes, les abattant tour à tour, empochant les mises, saluant une main exceptionnelle, pourtant personne ne s'amusait vraiment nous jouions la comédie, un rôle adapté pour l'occasion. Je sursautai quand la montre de Bastien se mit à sonner. Il l'arrêta machinalement en appuyant sur un bouton. Il posa les cartes, se leva, remonta son pantalon en toussotant. Et déclara qu'il devait y aller.

— Salut les filles, amusez vous bien ! Fred, t'as intérêt à faire attention ! À demain huit heures moins vingt, Caro !

Et il disparut par la porte d'entrée alors que je m'apprêtais à dévoiler une quinte flush. Impossible de jouer au poker à deux…

— Un strip, ça ne te tente pas des fois ?

Je ne répondis rien en voyant qu'elle plaisantait, mais enchaînai :

— Tu crois que je devrais appeler l'hôpital ?

— Si ça peut te rassurer…, ajouta-t-elle simplement en regroupant les cartes

— Tu ne sais pas où il y a un annuaire ? m'enquis-je timidement.

— Non, mais en revanche, je connais le numéro, bouge pas, je te le compose.

Étonnée par sa réponse, je n'en laissai rien paraître, et moins d'une minute plus tard elle me tendait le combiné à travers lequel une musique désagréable et de mauvaise qualité m'invitait à patienter. Je demandai le service compétent où des infirmières sympathiques et compatissantes m'annoncèrent qu'il n'y avait toujours pas de changement et que tout dépendrait de la façon dont mon fiancé passerait la nuit. Je raccrochai de nouveau partagée entre l'abattement et la colère, l'envie d'agir et l'impuissance.

— Rien de nouveau ? s'enquit gentiment Fred en passant un bras autour de mes épaules pour me réconforter.

— Non répondis-je, d'une voix faible et chevrotante. (J'étais au bord des larmes.) Rien de rien !

— Tu as vu quelque chose ? me demanda t'elle plongeant soudain ses yeux au fond des miens.

Je n'avais pas prévu qu'elle me pose cette question.

— Comment ça ?

Je ne comprenais pas où elle voulait en venir.

— Oui, raconte tout depuis le début. Que s'est-il passé quand vous êtes rentrés…, demanda-t-elle.

Je lui relatai les faits du mieux que mes souvenirs flous le permettaient.

Après un moment de réflexion, la serveuse déclara :

— On dirait que c'était prémédité et que ce n'était pas un accident.

— Oui, surtout quand on sait tout ce qui s'est passé… ajoutai-je en un souffle.

— OK. Reprends encore plus tôt, depuis le jour deton arrivée. Je voudrais réfléchir encore. N'omets surtout aucun détail. Peut-être que quelque chose nous a échappé.

Je m'installai sur le canapé, le dos bien calé, à côté de mon amie. Je pris une grande bouffée d'air puis commençai. Lorsque j'achevai mon récit, la nuit était tombée et Fred se tenait le menton, songeuse.

— De deux choses l'une… soit le maître chanteur t'en voulait personnellement et a raté son coup, soit…

— … soit Nico, jaloux, a voulu se venger… achevai-je à sa place.

— Je dois l'admettre

— En plus, tu l'as dit toi même, c'est lui qui vous a prévenu… il était là au moment des faits…

— En tout cas on peut prouver qu'il était là deux minutes après mais…

— Mais… oui mais… Je ne vois pas comment en être sûr. Ça me parait étrange… mais étant donné son passé psychiatrique. Peut-être que la mort de son père a ouvert une vieille blessure ? Tu sais des fois, l'équilibre est précaire. Penses-tu qu'il pourrait être également l'auteur des lettres ?

— Mouais… Je ne vois pas pourquoi il aurait menacé son père, déclara -t-elle, évasive, continuant de se creuser la tête. Quelque chose la perturbait. Je le sentais. Je savais qu'elle détenait sans doute des éléments que je n'avais pas. J'avais joué franc jeu. Elle non. Je décidai d'étayer un peu plus ma thèse :

— Je suis allée dans sa voiture hier soir, il a des tonnes de bouquins, il est très cultivé, il aime la poésie.

— Et le corbeau fait des rimes…

— Exact.

— Quand même, si c'était vraiment de la vengeance, pourquoi se serait-il amusé à une telle mise en scène ?

— Pour faire souffrir son père, répondis-je tout naturellement alors que tout commençait à me paraître limpide.

— Les rimes sont inutiles… À la limite, je trouve même que ça adoucit les menaces… C'est tout de même difficile de prendre au sérieux un tueur poète !

— Ben oui mais bon, s'il a l'esprit aussi tordu que ça, peut être que cette façon d'écrire lui a procuré quelque part une certaine jouissance.

— Admettons. Mais toujours est-il qu'on ne peut pas accuser quelqu'un sans preuve.

— S'il est si malade, on devrait le déceler à travers les différents tests psychiatriques, non ?

— Pas forcément. Il y en a qui savent bien cacher leur jeu. Les plus grands malades ne sont pas forcément ceux que l'on croit.

— Que faut il faire alors ?

Au même moment son portable vibra. Elle le consulta sans mot dire. Un message venait de lui être envoyé.

— Viens, on va lui parler, me répondit-elle simplement en enfilant son blouson en cuir.

Lui parler… C'était la dernière des choses que j'aurais faites moi. Mais je m'étais laissée persuader une fois de plus et Fred l'avait joint sur son portable. Le Jeanvaljean était sûrement le lieu tout indiqué pour les confessions. Il était à la table la plus proche des jeux vidéos, le regard perdu dans sa tasse de café. Je serrais très fort la main de la serveuse. L'angoisse me gagnait comme avant de passer un examen. Elle me comprimait la poitrine, hachait ma respiration. J'hésitais à avancer et Fred me tirait presque. Nous nous assîmes à la table de Debussy. Dans l'incapacité de parler, je jetai des regards inquiets à Fred qui lança du tac au tac :

— Nous pensons que tu as essayé de tuer Laurent, le fiancé de Carole.

Il posa sa tasse. Ses mains tremblaient trop pour continuer à la tenir. Il avait pâlit mais ne se défendit pas. Un long silence suivit. Je les regardais tour à tour. Il ne faisait aucune déclaration mais, était-ce pour autant un aveu ? Elle le fixait dans les yeux, sans diminuer l'intensité de son regard. Il se racla la gorge avant de déclarer enfin :

— Vous me décevez. Je ne pensais pas que vous pouviez croire que j'étais capable de ça ! Pourquoi, pourquoi non d'une pipe aurais-je agressé ce type ? Je savais que tu étais avec lui, Caro !

Il me regardait avec reproche et je me sentais rougir comme une petite fille. J'aurais aimé être une tortue pour rentrer dans ma carapace. Il poursuivit :

— Tu te crois si exceptionnelle ? Tu crois que tu es la seule fille au monde ? Que je ne couche qu'avec toi ? Et toi l'amie, ce n'est pas parce que tu es une gouine que tu dois détester à ce point les mecs. Ça te donne un sentiment de puissance ? Tu jubiles ? Pour qui vous prenez vous ? Vous me dégoûtez. Vous ne valez pas mieux que les autres ! Tu crois que j'ai encore quelque chose à te prouver ? Et toi Carole, tu n'étais pas contente de baiser cette nuit ? C'est toi qui m'as cherché, tu me fous dehors ce matin sans avoir eu la décence même de m'offrir un café, pour retrouver ton fiancé comme une petite fille modèle, et tu oses encore me traiter comme un véritable salaud ? Non mais je rêve !

Je ne pus m'empêcher de rétorquer :

— Et Bénédicte, alors ! Ce n'est peut être pas toi qui l'a foutu enceinte !

— Ben non, tu vois ! Elle aussi couche avec tout le monde ! Comme toi ! Tu te serais renseignée, tu saurais que je ne peux pas avoir d'enfant. Satisfaites ? Vous êtes vraiment pathétiques.

Il tapa du poing sur la table et parti sans se retourner, la guitare au dos, les mains dans les poches. Je n'osai pas, quant à moi, regarder mon amie.

IX

La nuit avait été morose. Fred était restée prostrée dans un coin, comme déconnectée de la réalité. Quelles idées lui traversaient l'esprit ? Quant à moi, je n'avais pas cessé de me retourner dans le lit, la serveuse ayant insisté pour rester sur le canapé. Je ne désirais qu'une chose, être jointe par l'hôpital qui me dirait que Laurent était sauvé. Mais voilà, un coup de téléphone pouvait aussi bien m'avertir du pire. Le silence était peut-être préférable après tout. Le réveil indiquait quatre heures et demie du matin. Je n'entendais aucun bruit mis à part ceux habituels du robinet de la cuisine. Pourtant il m'avait semblé percevoir, quelques minutes plus tôt, la porte d'entrée grincer imperceptiblement. Une fois de plus, ce devait être mes nerfs qui me trahissaient. Bastet avait préféré rester vers Fred. J'avais passé une nuit agitée, d'un sommeil entrecoupé de rêves dont je ne gardais aucun souvenir. Pourtant, dans quelques heures je devrais enseigner comme si de rien n'était. Je ne savais même pas qui prévenir pour Laurent. Je n'avais jamais été présentée à ses parents que je ne connaissais même pas de vue. Mon fiancé ne possédait aucune photo, se plaignant de l'inutilité de ces bouts de papier poussiéreux. Je ne me souvenais même pas du nom de l'établissement dans lequel il enseignait. Sylvie saurait-elle me renseigner ? Mais que lui raconter pour ne pas l'alarmer ? Je n'osais pas bouger, la tête calée sur l'oreiller. J'appréhendais cette nouvelle journée. Fred dormait peut-être encore. Je m'efforçai de réfléchir. Puisque Nicolas n'était pas le père de l'enfant, qui donc pouvait bien être ce mystérieux géniteur ? Et pour quelle raison Bénédicte avait-elle menti ? À moins qu'elle soit elle même persuadée de l'identité du papa… dans ce cas, l'aveu de Nicolas lui causera un choc brutal, très dangereux dans son état. Mais quelque chose me chagrinait. J'étais sûre que le meurtrier faisait parti de ce cercle d'amis très fermé. Il ne pouvait pas en être autrement, pourtant je n'arrivais pas à mettre le doigt sur le petit détail, qui me révèlerait la clé de l'énigme. Alors qui ? Gilles, le patron de la salle de jeux clandestine ? Béné était évidemment hors de cause puisqu'elle se trouvait à l'hôpital pendant l'agression de Laurent. Fred ? Si c'était elle, elle était incroyablement ingénieuse… Elle habitait en face de Debussy, travaillait avec Gilles, s'était arrangée pour devenir l'amie de Béné et de Nico. Elle se trouvait toujours où il fallait au bon moment. Mystérieuse, elle inspirait assez confiance et était suffisamment à l'écoute pour profiter des faiblesses des uns et des autres. Je me grattai la tête : cette pensée ne me plaisait absolument pas ! D'autant qu'elle connaissait tout de moi, car moi aussi j'étais tombée dans le panneau.

Quelqu'un bougeait à la cuisine. Fred devait préparer le café. M'avait-elle droguée l'autre jour, dans ce restaurant si étrange ? Je n'arrivais pas à me souvenir de la soirée, si ce n'était à travers de flashes, comme ceux qui nous restent des rêves au petit matin. Était-elle machiavélique au point d'avoir écrit les lettres ? Joueuse au point de louer l'appartement en vis à vis pour mieux observer les conséquences de ses jeux diaboliques ? Suffisamment charismatique pour pouvoir berner tout le monde sans que personne ne la soupçonne une seule seconde ? Il m'avait à plusieurs reprises semblé sentir la vanille. Or, c'était justement la fragrance du parfum de Fred ! Elle qui venait de dormir chez moi et qui parlait à mon chat pendant que le café coulait. Mais alors, j'étais en danger ! Quel pouvait bien être son mobile ? L'argent ? Une magouille extraordinaire ou un chantage qui expliquerait que le cercle ne paie pas ses notes de restaurant ? L'amour ? Amoureuse de Debussy père au point de le tuer pour l'empêcher d'épouser Béné ? Ou du fils au point de tuer le père pour le rendre encore plus vulnérable ? De Béné ? On l'avait bien traitée de gouine hier soir… Dans ce cas pourquoi tuer Pascal Debussy si elle était persuadée que le père du bébé était Nico ? Éprouvait-elle des sentiments à mon égard ? Non, je n'étais arrivée que beaucoup plus tard. Cette histoire devait mariner depuis plusieurs mois déjà voire des années. Pourquoi alors assommer Laurent ? Je devais déséquilibrer la fragile équation. Mais pour l'instant, elle comportait trop d'inconnues pour que je puisse faire la lumière sur l'affaire. Je ne savais plus quelle attitude adopter. Fuir Fred, ne plus la voir du tout, ou faire comme si de rien n'était, la laisser m'observer en l'épiant à mon tour. Je ne me sentais pas spécialement menacée, aussi je décidai d'opter pour la deuxième solution en usant de mon charme, si, comme je le pensais, Fred n'y était pas indifférente. Mon art de la séduction devenait mon salut et j'espérais bien la battre à son propre jeu. J'enfilai un long t-shirt blanc suffisamment transparent pour laisser deviner mes formes, et assez court pour être sexy. Depuis que j'étais avec Laurent, j'avais oublié ce périlleux, mais si passionnant exercice, mais ça m'amusait follement de retenter le coup aujourd'hui, et j'éprouverais sans doute pas mal de plaisir à me sentir de nouveau désirée. Dans cette tenue provocante, mais pas à outrance, je fis irruption dans la cuisine. En rejetant mes cheveux en arrière, je jetai un salut tonitruant.

— Tu es en forme toi, dis donc ! lâcha Fred en me dévisageant des pieds à la tête.

— C'est l'odeur du café ! Et puis, ajoutai-je en un sourire mielleux, de te savoir si près de moi cette nuit, ça m'a rassurée. J'ai pu dormir à peu près bien.

Je sentais que cette dernière réplique avait gonflé son ego et je n'étais pas peu fière de moi ! Flatterie, clin d'œil et admiration, et Fred tombait dans mes filets…

— Caro, tu fais quoi aujourd'hui ? me demanda-t-elle d'un air faussement détaché.

— Je donne mes cours, pourquoi ?

— Comme ça… Je vais aller voir Béné en début d'après-midi. Je bosse vers quinze heures. Gilles a, parait-il, trouvé quelqu'un pour la remplacer temporairement. Une nièce, je crois… J'aurai ma soirée.

Était-ce une invitation déguisée ? Je décidai de saisir la perche tendue.

— On passe la nuit ensemble ?

Je crus qu'elle allait s'étouffer avec son café…

Parce que si c'est oui, on pourrait peut-être aller quelque part non ?, poursuivis-je.

Je m'amusais beaucoup. Je venais de la déstabiliser. Un à zéro, Caro. Je jubilais intérieurement tandis qu'elle cherchait une réponse.

— Je… j'ai quelque chose à faire avant, mais on se retrouve vers les dix heures si tu veux, parvint-elle à bredouiller.

— Je croyais que tu ne travaillais pas ce soir ?

Désarçonnée, elle gardait le silence. Pour ne pas me griller, je fis comme si cela m'était égal, je haussai les épaules, en faisant exprès de perdre l'équilibre pour me retrouver assise sur ses genoux. J'en profitai pour mettre mes bras autour de son cou et lui faire la bise, puis déclarai :

— Je ne supporte pas quand on ne m'embrasse pas le matin !

Elle n'osait pas me toucher. Je prenais le dessus, mais lassée de ce petit jeu, je me levai pour prendre la cafetière. Elle poussa la galanterie jusqu'à aller me chercher une tasse dans le meuble.

— J'irai voir Laurent après les cours.

Je ne sais pas pourquoi je lui dévoilais mes projets. De toute façon, si mes soupçons étaient fondés, j'étais suivie, par elle ou par un de ses sbires. Autant prendre les devants !

— Ben écoute… Je t'y emmènerai, si tu veux. Ils ont annoncé une pluie battante pour toute la semaine.

— Je croyais que tu étais occupée ?

— Oui ! Mais pas à cinq heures. J'ai un rendez-vous à huit heures. C'est prévu depuis des semaines. Je ne peux pas annuler.

Ses explications étaient assez confuses. C'était vrai qu'elle avait le bon profil de manipulatrice.

— Ok, ben je t'attends devant la grille du collège à dix sept heures ?

— Plutôt dans la salle des profs, si jamais je suis en retard…

— Mais tu ne pourras pas entrer c'est interdit à ceux qui ne font pas partie de l'établissement.

— Ils me connaissent. Ça ne pose aucun problème, rassure toi. Puis ce ne sera pas la première fois…

À mon tour d'être sans réplique. Un partout. Logique dans un sens, la famille avait sans doute des privilèges et si elle avait été la maîtresse de Debussy, elle devait connaître tout le monde. On sort entre collègues, on va au restaurant. Si on ajoutait le fait qu'elle et Bastien étaient amis de longue date… Mon estomac gargouillait. Même sous pression, j'avais besoin d'avaler quelque chose de consistant le matin. Fred, qui avait entendu le bruit si peu discret, redressa la tête.

— Tiens au fait, je suis allée chercher des croissants !

Et moi qui me croyais aux aguets, les sens en éveil.

— Ah bon, mais tu t'es levée aux aurores, je n'ai rien entendu, lui répliquai-je dépitée et inquiète à la fois.

— À cinq heures. J'avais envie de prendre l'air, tu semblais en sécurité et j'en ai profité pour prendre quelque chose à manger.

— Merci c'est sympa ! Je me disais aussi… Tu es déjà toute habillée, il ne te manque plus que le blouson.

Un sourire illumina son visage. J'ignorais qu'une telle réplique puisse faire plaisir. Elle venait de me démontrer que si.

— Au fait, lui demandai-je surprise, tu ne fumes plus ?

Elle se contenta d'esquisser un sourire gêné, mais je n'obtins pas plus de précision.

À dix sept heures vingt j'attendais encore Fred. Résignée, j'enfilais mon blouson pour partir à pied à l'hôpital quand celle-ci déboula. On aurait presque dit qu'elle venait de me tester pour voir combien de temps j'étais capable de l'attendre.

— Ça va je ne suis pas trop en retard ?

En plus elle avait l'audace de me le demander !

— J'allais partir, répliquai-je sèchement.

— Oui, mais tu ne l'as pas fait ! ajouta-t-elle en un clin d'œil charmeur.

Elle reprenait le dessus sur moi. J'avais du mal à avaler la pilule.

— Je déteste poireauter, me plaignis-je encore plus brusquement.

— Moi aussi, rétorqua t'elle en me défiant du regard.

— Tu ne me sers pas d'excuse, lui demandais-je amèrement ?

Contre toute attente elle rétorqua :

— Tu préfères quoi ? Un petit silence ou un gros mensonge ?

Elle venait de remporter la bataille.

Au pas de course, sous une pluie battante nous courûmes de concert jusqu'à la voiture. Le bruit des gouttes sur le goudron me donnait envie d'aller aux toilettes. J'aurais dû prendre mes précautions avant. Fred sifflotait gaiement en ne se pressant pas pour ouvrir la porte, un peu comme si elle était en train de se promener sur la plage. Ses changements d'attitude m'agaçaient au plus haut point. Je fulminais intérieurement en posant mon postérieur sur la banquette arrière, le siège avant étant occupé par une drôle de boîte en ferraille. Pour ma défense, il faut dire que je venais de poireauter pendant presque une demi heure et que j'étais particulièrement vexée.

— Bon je te dépose mais je ne pourrai pas te récupérer. Je dois me préparer pour mon rendez vous.

— Je me débrouillerai. Et on se retrouve où ?

Je devais prendre sur moi pour me maîtriser. Ce n'était pas en lui parlant aussi sèchement que j'arriverais à la rendre folle de moi. Je la détestais depuis quelques heures, mais je devais me contrôler pour paraître sous son charme. Je devais devenir aussi bonne actrice et menteuse qu'elle, voire meilleure. Les essuie-glaces grinçaient. La voiture, bloquée derrière une file avançait lentement. Je serais sûrement déjà arrivée à pied. Comme elle ne daignait pas répondre à ma question, je décidai d'attirer son attention.

— Avec le froid, j'ai les seins qui durcissent, c'est agaçant, me plaignis-je en me massant la poitrine.

Elle me regardait dans le rétroviseur. Il suffisait de demander ! Je l'avais son attention !

— On se retrouve chez moi avant notre soirée ? Je dois me faire belle.

Je venais de marquer un nouveau point. Elle avait du mal à détacher son regard.

— Euh oui…, bégaya -t-elle en continuant de jouer la voyeuse. Le plus drôle c'était qu'il n'y avait pas si longtemps, les rôles étaient inversés… Je me découvrais chaque jour de nouveaux talents. J'en souris intérieurement tout en me redonnant un coup de peigne. Si jamais l'état de Laurent s'était amélioré, je devais paraître à mon avantage. Il croira sans doute avoir fait l'objet de la violence immergente des gens du quartier, qu'il ne connaissait qu'à travers les reportages télévisés. Pourtant, je savais qu'un jour je devrais lui dire la vérité. Peut-être pas entièrement bien sûr, en passant sous silence mon infidélité, mais il devait connaître tout le reste, même si ces révélations devaient s'avérer être le point final de notre relation.

Enfin, nous arrivâmes vers le guichet de l'hôpital. Elle me déposa devant, vu que le gardien laissait seulement passer les personnes autorisées. Je lui lâchai : À ce soir ! avant de faire claquer la portière plus violemment que je ne l'avais voulu. Elle me regarda disparaître dans l'entrée. À l'accueil, une brunette sympathique, qui semblait à peine majeure sous ses grosses lunettes oranges, me sourit. Je lui demandai le numéro de la chambre de Laurent.

Dans l'ascenseur, une vieille dame me jetait des regards inquiets. Je ne me sentais pas d'humeur à la rassurer. Longeant l'immense couloir, je réussis malgré tout à me retrouver nez à nez avec la bonne porte. Comment allait-il ? Dans quel état était-il ? Je n'osais pas frapper, je n'avais pas le courage d'entrer. J'étais pétrifiée. Les mains moites, le cœur battant, j'imaginais le pire. J'avais une irrépressible envie de fuir. Je restai pourtant là, les bras ballants, prête à pleurer. Une infirmière me fit sursauter : je ne l'avais pas entendue arriver.

— Puis-je vous aider ? s'enquit-elle gentiment.

— Je viens rendre visite à mon fiancé Laurent Brun. On m'a dit à l'accueil qu'il était dans cette chambre.

— Ah oui... Elle prit un air peiné, révéla un visage de circonstance. Suivez-moi. Elle me fit entrer dans la pièce. Il était allongé dans un lit blanc, un visage blême sans couleur. Un masque à oxygène couvrait son visage. Son cœur était sous surveillance et j'entendais par l'intermédiaire de la machine qu'il battait très calmement. Pourtant les bips incessants et réguliers avaient un je ne sais quoi d'effrayant. Pas d'amélioration, conclut la femme derrière moi. Pourtant il avait l'air si... si quoi au juste ? Je n'arrivais pas à finir ma phrase. La perfusion le nourrissait goutte à goutte. Mon accompagnatrice en profita pour changer une poche de liquide.

— Je ne vais pas rester je crois… Je commençai à pleurer en remerciant comme je le pouvais mon guide et je m'enfuis presque en courant pressée de respirer l'air du dehors. Je me sentais anéantie. Frissonnante plus de crise nerveuse que de froid, je mis deux pieds à l'extérieur. Surprise, Fred m'attendait en faisant les cent pas.

— Tu…?

— Je pensais que tu n'en aurais pas pour longtemps. Je suis restée. Un café ?

— Je crois que ça me ferait du bien.

Elle me prit par la taille.

— Je t'emmène au Jean Valjean.

— Ok.

Je me laissai traîner.

Durant le trajet que nous fîmes silencieuses, une question me venait à l'esprit… Puisque Fred savait que je n'en avais pas pour longtemps, c'était qu'elle devait précisément connaître l'état de santé de

Laurent. Or, comment pouvait-elle le savoir ? Si ce n'était parce qu'elle lui avait rendu visite peu de temps auparavant. Ainsi elle gardait aussi un œil sur lui. Pour quel motif ? Certainement pas par compassion, puisqu'elle ne le connaissait pas ! S'assurait-elle qu'il ne reprenne jamais connaissance pour qu'il ne puisse pas la reconnaître au cas où ? Défilaient dans ma tête les images de ces mauvais feuilletons policiers où le méchant injecte un poison dans les perfusions du patient. Pourtant je n'étais pas fan du petit écran, mais que penser d'autre ? Depuis le début, on me cachait la vérité, on me dissimulait des faits, on me manipulait. Je sentais que les pièces du puzzle n'étaient pas loin de s'assembler. Un détail m'avait frappé. Je ne me souvenais pas duquel. Je devais tenir bon. La radio trop forte tapait dans ma tête. Le Jean Valjean se profilait. C'était ici que tout avait commencé. La réponse se ferait entre ses murs de pierre. Le rouge sang ambiant était de circonstance. Gilles remplissait mon verre, sans me demander. Une femme blonde un peu plus vieille que Béné et Fred essuyait des verres en regardant à travers les spots s'il ne restait pas de traces. Le billard était occupé.

Toisant Fred du regard, je lui demandai :

— Y a quoi, là-dedans ?

Je ne voulais pas boire n'importe quoi. Pas aujourd'hui. Mes sens en éveil me dictaient que je devais être prête, qu'une partie de la vérité s'offrirait à moi. Elle rit en déclarant :

— Une bière et de la grenadine ! Un Monaco quoi ! Décidément, tu te méfies de tout, ma vieille !

Et elle se moquait ! Je me méfiais peut-être, mais il y avait de quoi. Respirant avec peine la fumée envahissante, je bus une gorgée et en sentant ma gorge riposter, je me demandai comment ma voisine pouvait supporter cette odeur en étant en période de sevrage. Je ne l'avais pas vu fumer depuis la veille. Je la sentais agitée. Je ne me trompais pas : elle était en manque. Allait-elle résister ? Je décidai de libérer momentanément mon esprit de toute cette affaire pour le reposer un peu. Je me mis à observer Fred, de ses moindres mouvements à sa respiration. Machinalement, elle suivait les volutes de fumée qui s'envolaient vers le plafond haut et venaient s'écraser mollement. Hypnotisée, elle regarda ainsi de longues minutes, en silence. Sa poitrine se soulevait régulièrement, lentement. On aurait presque dit qu'elle dormait. Elle semblait si calme. Si normale. Comment un petit bout de femme pareil pouvait-il mettre au point un plan aussi machiavélique ? À quoi pensait-elle derrière ses airs de petit ange ? À une nouvelle façon de me faire souffrir ?

— J'ai avancé mon rendez-vous ! me déclara-t-elle en faisant un brusque quart de tour. J'en eus presque peur ! Elle s'était mise en action telle un rapace qui fond sur sa proie. Ben, tu ne réponds rien ?

— Tu ne m'as pas vraiment posé de questions, il faut dire !

— Bon d'accord, mais tu pourrais réagir, je ne sais pas moi !

— Ok. Je réagis donc en te disant : et ça change nos plans ?

— Je pars dans cinq minutes. Je te retrouve dès que possible. Ne t'envole pas, soit très prudente.

— Je vais retourner chez moi

Elle eut l'air contrariée.

— Tu crois que c'est raisonnable, ça ?

Visiblement, je gênais ses projets. Manigancerait-elle de fouiller mon appartement ?

— Bah… t'en fais pas va ! Je serai aux aguets, les portes, fenêtres et serrures fermées. Je vais prendre une douche et me changer, mettre quelque chose qui fasse plus sortie quoi…

— Bien, soit ! Fais attention à toi quand même.

Elle sortit sur cette phrase. Menace ou réelle inquiétude ?

Pour une fois, je pris mon temps sous la douche. L'eau chaude me détendait les muscles du cou. Je laissais le jet ruisseler sur ma peau. Je me souvenais de la première fois que j'avais vu Fred, à travers la fenêtre de la chambre. Je voulais à tout prix faire sa rencontre. La connaître. C'était à présent chose faite, pourtant, même si je la connaissais physiquement, j'étais loin de savoir qui elle était. J'avais l'intuition qu'elle jouait un rôle bien défini à l'avance. Ses talents d'actrice étant suffisamment bluffants pour tromper n'importe qui. Mais je n'étais plus dupe. Plus maintenant. Si son jeu m'avait effrayée au départ, puis amusée quand la lumière commençait à se faire, je n'en éprouvais plus aucun plaisir. Ce soir, son masque allait tomber. Sans drogue, sans mensonge. Je voulais avoir face à moi son vrai visage et non une usurpatrice. Je mis quelques gouttes de gel douche à la menthe sur mon gant et me frottai lentement d'abord puis plus vigoureusement pour me donner de l'énergie. L'eau tombait en cadence tandis que je frictionnais mes cheveux avec un shampooing spécial recommandé par ma coiffeuse et amie. L'odeur de kiwi se mélangeait aux fragrances de menthe en une subtile touche odorante qui, je l'espérais fortement ferait son effet. Encore en peignoir de bain, je me brossai les dents en réfléchissant à la tenue que je devrais porter. Pas de jupe, c'était une chose évidente pour moi. Non seulement je n'en avais pas, ce qui simplifiait d'autant plus ce choix, mais surtout, je détestais ça, et hors de question d'être mal à l'aise ce soir. Je voulais tout contrôler. Absolument tout ! Crachant l'eau qui rinçait ma bouche, je souris satisfaite. Je reprenais ma vie en main. J'avais l'impression d'avoir incroyablement mûri, comme si ma vie d'adulte débutait à présent ! On dit que c'est dans la douleur que l'on connaît les gens. C'était peut-être vrai après tout. Je venais en un rien de temps de faire connaissance avec moi-même. Loin de toute influence, je réfléchissais enfin seule. Si vraiment le maître chanteur avait voulu me tuer, il l'aurait sûrement déjà fait. Je me faisais dangereuse, j'étais maintenant bien incluse dans le groupe. Je n'étais pas du genre à mettre fin à mes jours non plus, si c'était vraiment ça, la cause du décès de Debussy. Et comme j'étais de plus en plus sur mes gardes, je devenais par la même plus difficile à abattre. Ce soir, j'allais m'habiller à la Fred. Enfin… c'était également mon style. Bardée de cuir des pieds à la tête, avec un débardeur blanc transparent, un soutien-gorge noir en dessous, un string assorti. J'avais bonne allure. Restait le délicat problème de mes cheveux, qui, électriques de nature, se rebellaient encore davantage sous le coup de la forte humidité ambiante. Je les laissai d'abord en liberté, mais devant la catastrophe, finis par les assembler, dans un premier temps en une queue de cheval, puis dans un second dans une sorte de chignon torsadé se calant dans mon cou. Ce n'était pas le mieux, mais le moins pire en fait ! Tout en laçant mes bottines, je me demandais à quel rendez-vous elle pouvait bien être. Cette histoire m'ennuyait. Impossible pour moi de la surveiller. Affûtait-elle ses armes pour le combat de ce soir ? Je ris intérieurement, car l'espace d'une seconde, j'avais transformé mentalement Fred en une espèce de Lara Croft surarmée et survoltée. J'étais enfin prête. J'ignorai la longueur de mon attente. Je savais que dans certains entretiens d'embauche, elle faisait partie du jeu. Comme un test préliminaire dans lequel notre attitude dévoile notre personnalité. Pourtant je ne pensais pas que la serveuse ait fait ça volontairement. D'une part parce qu'elle avait un peu modifié l'heure de ce rendez-vous, d'autre part parce que je la sentais anxieuse à l'idée d'y aller. Et puis, elle m'avait fait déjà suffisamment poireauter à l'école. Et ça ne rimerait à rien de recommencer.

Je me dirigeai à la cuisine pour me réchauffer du café. Tandis que la tasse tournait sur le plateau du micro-ondes, je décidai de commencer une liste de course. Mon réfrigérateur était quasiment désert et je ne pouvais pas continuer à manger à l'extérieur ! Malgré les soucis, j'avais déjà pris deux kilos ! Une horreur ! Le tableau blanc magnétique aimanté sur la porte du frigo était fort pratique et après avoir énuméré tout ce dont j'avais besoin, je refermai le feutre spécial au moment où le bip du micro-ondes résonna. C'était beau la synchronisation. Je m'assis à califourchon sur la chaise la plus proche qui avait déjà beaucoup souffert et émit un craquement plaintif. Si elle n'arrivait pas dans les cinq minutes, je corrigerais les copies.

Elle avait fait irruption sans bruit, et me regardait en souriant n'osant perturber ma concentration. Suçant mon stylo, j'achevais d'annoter la dernière feuille.

— Tu es là depuis quand ?

— Ne t'en fait pas, je viens d'arriver !

— Et tu es entrée comment ?

— Je t'ai chipé le double de tes clefs.

— Tu as…

Cette réplique m'avait laissée sans voix.

— On y va ?

Elle conduisait prudemment, silencieuse, et avait l'air aussi préoccupée que moi. La radio diffusait en sourdine quelques notes d'une ballade country. Nous étions tendues. Avait-elle compris mon petit jeu ? Je n'arrivais toujours pas à admettre qu'elle ait volé mes clefs ! Un vrai pickpocket ! Moi qui les pensais en sécurité dans ma poche… Elle avait dû y glisser sa main sans que je m'en rende compte. Je m'en voulais parce que je me croyais sur mes gardes. Je pensais tout maîtriser et en fait rien n'avait changé ! Mon amour propre en avait encore pris un coup.

— Pourquoi m'as-tu volé mes clefs ? me décidai-je enfin à demander, en contrôlant ma voix pour ne pas paraître trop en colère, même si je bouillais intérieurement.

— Tu y vas fort dans les termes toi ! Je ne te les ai pas vraiment volées... on va dire empruntées pour ne pas te déranger.

— Tu ne pouvais pas savoir que j'allais corriger mes copies !

— Étant donné ton métier, c'est plutôt logique. Elle laissa passer quelques secondes de silence et ajouta : je vais te dire... C'est une injonction de Bastien, qui s'inquiète pour toi et qui m'a demandé expressément de prendre le double de tes clefs pour pouvoir agir le plus vite possible en cas de problème.

— Bastien ?

J'avais posé la question autant pour elle que pour moi. Que venait-il faire là-dedans ? Il ne me surveillait quand même pas lui aussi ? Ça devenait de pis en pis. Mon collègue m'espionnait au travail, Fred à la maison et à l'hôpital. Que me restait-il de vie privée ?

— Bastien oui, répondit-elle enfin. Désolée, mais on se fait du souci pour toi après ce qui est arrivé à ton fiancé. Tu as dû te fourrer dans un sacré guêpier !

N'y tenant plus je lâchai :

— Et tu es peut-être étrangère à tout ça toi ?

Comme nous arrivions, pour toute réponse, elle se contenta d'un haussement d'épaules après avoir coupé le contact. Elle déclara simplement :

— On va manger.

Quant à moi, j'avais autre chose en tête que ce repas.

Le restaurant était tout ce qu'il y avait de plus classique. Plutôt de petite taille, huit tables de quatre uniquement, des chaises assorties en faux chêne, des nappes et serviettes d'un jaune paille étonnant, un mur en crépi gros grain banc cassé. Le serveur en costume foncé, mais sans cravate nous entraîna à une table.

— Deux jus d'orange, ordonna Fred ! Tiens, elle n'essayait plus de me saouler ? Je n'avais pas envie de faire traîner les choses, pourtant les règles de la bienséance qui me restaient de mon éducation m'interdisaient d'aborder le problème avant le plat de viande. Contrairement à ce que j'avais prévu, ce fut Fred qui parla la première.

— Je pense que tu crois que je suis la cause de tes problèmes.

Je restai bouche bée. Laisse-moi finir veux-tu ? me coupa-t-elle, alors que j'ouvrais la bouche. Tu n'as pas confiance en moi et ça me chagrine. Je peux te jurer, même en te regardant au fond des yeux, que je ne suis pas coupable. Je t'ai menti parfois, oui, mais pas sur ça. Et ce ne sont pas des gros mensonges. Juste des omissions. Simplement parce que je n'ai pas le droit, tu m'entends, pas le droit de t'en parler. Je n'ai pas assommé Laurent. Je ne t'écris pas de lettres. Je n'ai tué personne. Je ne suis pas un monstre. Comment as-tu pu imaginer une seconde que je puisse faire ça ? Elle semblait sincère, ses yeux ténébreux implorants appuyaient ses dires. Pourtant je savais qu'elle était une grande actrice et je n'arrivais plus désormais à la croire. Je vois que tu ne me crois pas. C'est dommage. Ça me blesse. Le plus énervant dans l'histoire c'était qu'apparemment elle lisait en moi comme dans un livre ouvert. Elle avait des leçons à me donner de ce côté-là !

Nous n'eûmes pas l'occasion d'approfondir un peu plus le débat, car au même instant le portable de Fred nous fit sursauter. Elle décrocha sans cérémonies, sans lâcher le téléphone elle se leva et enfila son cuir. Ponctuant sa phrase par un coup de menton, elle ordonna : amène-toi ! Je ne pus faire autrement que de la suivre.

À l'opposé, elle conduisit de manière saccadée, dépassant largement les limitations de vitesse. On va chez Bastien, m'expliqua-t-elle ! Je blêmis. Je retenais mon souffle, incapable de demander à Fred si mon collègue allait bien, voir s'il était encore vivant. Je n'étais pas de nature spécialement pessimiste, mais les derniers événements plaidaient en faveur du pire. Je me laissai guider jusqu'à la porte de son appartement. Fred frappa deux coups brefs puis attendit une seconde avant d'en donner trois autres plus rapprochés. Elle frotta ensuite sa main contre le bois pour former deux grands cercles. Une sorte de code d'entrée certainement. Enfin, j'entendis que l'on actionnait le verrou. Quelqu'un tournait trop lentement à mon goût la clef dans la serrure. Il me tardait de savoir. D'autant plus que l'odeur aigre d'urine et d'ail se mêlait à celle de toutes sortes d'autres parfums et j'en avais des haut-le-cœur. Enfin, la porte bougeait ! Je mis plusieurs secondes à le reconnaître ! Bastien était vêtu d'une robe rouge brillante lui arrivant aux genoux, à fines bretelles. Ses pieds étaient chaussés de talons aiguille de même teinte. Son maquillage avait coulé le long de son visage, mais ses faux cils étaient toujours en place. J'entrai à la suite de Fred comme elle me lançait un regard agacé. Je traînais trop sans doute. Ainsi Bastien se travestissait le soir. Il annonça à brûle-pourpoint : Nico a disparu et il éclata en sanglots.

X

Pendant l'heure qui suivit, Fred dû employer tout ce qu'elle connaissait en psychologie et en âme humaine pour remonter le moral d'un Bastien inconsolable. Assise en tailleur par terre, j'étais gênée, mais personne ne semblait faire attention à moi. Pourquoi diable mon collègue était-il si bouleversé ? J'avais certainement manqué un épisode, moi ! J'avais déduit à défaut, qu'ils étaient probablement amis, mais pas proches à ce point. Fred m'avait supplié de lui faire confiance. Elle jouait un rôle de gentille ce soir, je trouvais que ça lui allait plutôt bien. Mais que dire de son côté psychopathe ? Un dédoublement de personnalité ? Une Fred arrogante, manipulatrice qui fumait comme un pompier et son double, la Fred, sage, posée, amie, qui oubliait ses cigarettes, mais jamais ses amis ? Fred s'adressa à Bastien :

— Je vais te donner un somnifère, mais tu ne dois pas rester seul. Lucas est rentré ?

Il répondit par l'affirmative en hochant la tête. Il resta immobile, les yeux fixant le sol, abattu. La serveuse composa un numéro sur son portable. Son correspondant devait très certainement dormir, car il s'écoula de longues minutes avant qu'elle lui dise :

— Lucky, un petit problème : on a perdu Nico. Ramène-toi vers Bastien. Nous on continue…

Il arrive, nous déclara-t-elle simplement.

Comment ça on continue, nous ? J'étais prévue dans le plan moi ? Et j'étais censée faire quoi exactement ? J'allais lui dire tout haut le fond de ma pensée puis me ravisai en songeant à mon collègue. Puisque Lucky, Lucas ou Luke je ne sais quoi allait arriver et nous laisser, j'aurais tout le loisir de me renseigner alors, sans crainte de gêner mon ami, que je ne connaissais pas si bien que cela après tout. Si, durant mon séjour je n'avais pas encore eu le loisir de voir Fred déboussolée, je commençais à l'observer en proie aux doutes. Son visage révélait une expression d'incertitude, de questionnement intérieur. Elle devait chercher une solution. Quelque chose dans ses plans avait échoué et elle avait perdu pied. Mais quand ? Quand Laurent s'était fait agresser, elle n'avait pas changé. Quand… quand Fred… oui, c'est ça… Fred avait changé depuis l'hôpital. Donc quelque chose s'était passé juste avant qu'elle vienne me chercher. Un coup de téléphone ? Un fait nouveau ? Elle semblait ignorer alors la disparition de Nico puisqu'elle avait l'air sincèrement surprise ce soir. Mon rôle m'échappait. À quoi pouvais-je bien lui servir ? Il n'y avait quand même pas un trésor caché dans l'appartement de Debussy ? Drogue ? Photos compromettantes ? J'avais pourtant tout fouillé de fond en comble le premier jour, tout nettoyé, tout javellisé. Bastien buvait son somnifère et se laissait déshabiller par Fred comme un petit bébé. Elle m'ordonna :

— Hé Caro ! Au lieu de t'endormir là, va voir chercher le flacon de démaquillant et les cotons dans la salle de bain. Si je le laisse dormir comme ça, ça va le rendre malade… Il tient tellement à sa peau, le petit !

Je m'exécutai. À la salle de bain, je n'eus aucun mal à trouver ce que je cherchais. Bastien était très méticuleux. Des étagères visibles contenaient des dizaines de flacons et produits en tout genre. Mais le démaquillant trônait en première place. D'ici, j'entendis Fred qui rajoutait et n'oublie pas sa crème de nuit ! Allons bon… une crème de nuit. Et moi qui n'en mettais même pas. Il fallut que je lise les étiquettes. Énervée à l'idée qu'on songe à mettre une crème de nuit dans un moment pareil, je faillis repartir sans, en déclarant que je m'en fichais, mais songeant à mon collègue si malheureux, je me résignai et recommençai à lire les étiquettes depuis le début, cette foutue crème m'ayant échappée la première fois. La tenant enfin en main, je retournai vers les autres en manquant de la casser en me retrouvant nez à nez avec Lucas, une sorte de Tom Cruise aux cheveux plus clairs et plus longs.

— Tu t'occupes des soins, nous on y va, lui ordonna la serveuse.

Toujours sans broncher je suivis Fred, la patronne, pendant que Lucky s'exécutait.

— On fait quoi maintenant ?

Surprise, je constatai que Fred s'adressait à moi.

— Je n'en sais fichtrement rien ! répondis-je sans me déstabiliser pour une fois. Je ne sais rien puisque vous persistez à ne rien vouloir dévoiler.

— Ben au départ, c'était pour ta sécurité.

— Et maintenant ? On a tabassé mon fiancé. Nico a disparu. Tu attends quoi pour me parler ?

— Je n'ai pas le droit de te le dire.

— Et toi qui veux que je te fasse confiance. Sache que c'est réciproque. Comment pourrai-je te croire si toi-même, tu ne me fais pas confiance.

— Ça, je le sais bien, mais trop de vies sont en jeu maintenant.

— Et avant ? Au contraire, je trouve que tu devrais réagir. Soit on fait équipe, soit j'appelle la police moi ! Je n'ai aucune envie de voir mourir Nico.

— Eh ! Calme-toi, tu veux ? m'intima-t-elle en allumant une de ses cigarettes polluantes.

— Ok, Tchao.

Je venais de la planter là, décidée. Je marchai d'un pas rapide sur le trottoir. Il ne pleuvait plus. J'avançai un peu au hasard sans me retourner.

J'étais déçue que Fred ne me suive pas. Elle n'a même pas cherché à me rattraper. Je sortis le portable de la serveuse de mon blouson. Et oui, j'avais réussi à lui voler ! J'en étais fière. C'était finalement plus facile à faire que ce que j'aurais cru. Où aller pour réfléchir sans me faire trouver ? Le mieux était de rejoindre un hôtel. J'appelai un taxi avec le portable de Fred. Il arriva en moins de trois minutes et je m'étais cachée sous un porche sombre.

— Emmenez-moi à l'hôtel le plus proche, déclarai-je en sortant un billet de dix euros.

En arrivant, je m'assurai que personne ne m'avait suivie. Heureusement pour moi, cet endroit, plutôt réservé aux hommes d'affaires était ouvert toute la nuit et il était possible d'y prendre une chambre à n'importe quelle heure. J'improvisai.

— Oh la la ! La réunion s'est éternisée ! Je ne pensais pas finir si tard ! Un vieux monsieur compréhensif hocha la tête, compatissant. Donnez-moi une chambre bien confortable !

— Bien sûr mademoiselle, assura-t-il et il ajouta d'une voix mielleuse, la numéro sept fera parfaitement l'affaire, je pense !

— Merci, monsieur !

— Passez une bonne nuit !

Je le gratifiai de mon plus beau sourire. D'une manière générale je préférais agir plutôt que subir et là, je me sentais l'âme d'une détective. Ma vie, qui avait été plutôt morne et ennuyeuse jusqu'à présent, devenait soudainement pleine d'action et enfin intéressante. Je n'avais cessé depuis que je savais lire, d'ingurgiter une immense quantité de romans policiers, d'Hercule Poirot à Miss Marple, en passant par les dossiers de Scotland Yard. Je n'espérais pas être un jour mêlée à une telle affaire, mais soit ! Dans ma chambre, que je ne pris même pas la peine d'observer en détail, je m'assis en tailleur par terre. Ainsi je réfléchissais mieux. Le portable de Fred était un de ces nouveaux modèles à la mode, doté d'un appareil photo et de sonneries réalistes. Heureusement, les menus ne différaient en rien d'un modèle plus classique. Dans le journal des appels je pus voir que, hormis le numéro du taxi que j'avais moi-même composé, seuls deux appels, un à l'hôpital vers dix-neuf heures et un autre au Jean Valjean peu de temps après. Déçue, car je m'attendais à en découvrir beaucoup plus, je continuai mon investigation en regardant le contenu du répertoire téléphonique. Après tout, la facture de téléphone de quelqu'un, ne nous en apprend-elle pas énormément sur cette personne ? Il n'y avait pratiquement que des prénoms de listés. Logique en un sens. Je faisais la même chose. Quand on rentre le numéro d'un proche, on ne rentre pas son nom de famille. Quelques exceptions cependant : le JeanValjean, l'hôpital... Curieux n'est-ce pas ? Je n'en connais pas beaucoup qui l'ont en mémoire celui-là ! Le pressing, l'aéroport. Je constatai avec amusement que le nom de Debussy n'y était pas. En revanche le mien si. Deux numéros réveillèrent ma curiosité à cause de leur intitulé : B5576 et C3498. Je décidai de composer le second numéro. Pourquoi celui-là ? Peut-être parce qu'il commençait par l'initiale de mon prénom. Et si la chance ne m'abandonnait pas cette fois-ci ? Fébrile, j'attendis que le numéro ait fini de se composer. France Télécom vous informe que ce numéro n'est pas attribué... Zut ! Je raccrochai. La poisse ! Pourquoi garder un faux numéro dans son téléphone ? À moins que ce ne soit C3498 qui soit un code. Accès à un coffre ? Comme je n'avais pas plus d'idées que de coffre, je laissai tomber provisoirement cette énigme avant de m'attacher à l'autre. B5576. Cette fois, ça sonnait.

— Oui ? me répondit une voix endormie.

— C'est moi, répondis-je sans hésiter.

— Hein ? Qui ?

— Fred ! lâchai-je.

— Bon sang, Fred ! Mais pourquoi m'appelles-tu à cette heure !

— Nico…

— T'en fais pas, il est là, comme prévu, on voit ça demain. Et dors un peu !

Je m'étais préparée à être jetée, à être engueulée ou à l'incompréhension de mon interlocuteur, mais certainement pas à ça. Je me sentais trompée. Et moi qui recommençais à lui faire confiance ! Le pire, c'était que je l'avais vraiment trouvée sincère tout à l'heure en s'occupant de Bastien, et préoccupée quand je l'avais abandonnée sur le trottoir. Mais alors, elle était si coriace ? Je trouvais ça tellement incroyable qu'une femme aussi jolie, sympathique au premier abord soit ainsi dépourvue de sentiments. Comment pouvait-on passer de l'état d'être humain à celui de robot ? Car après tout, même les animaux éprouvaient plus de sentiments qu'elle ! Au moins maintenant c'était clair, Fred était dans le coup. Moi qui la soupçonnais depuis un moment, j'étais fixée. Son rôle avait sans doute été, de me surveiller ces jours derniers, tout en gagnant ma confiance et en m'entraînant dans un semblant d'enquête pour que je ne fourre pas mon nez dans leurs affaires. La serveuse n'était pas seule dans cette histoire. Elle avait au moins un complice. À moins que… Une autre hypothèse, certes farfelue me venait à l'esprit. Mon mystérieux interlocuteur m'avait dit : « Il est là », et pas : « Je l'ai fait prisonnier » ou quelque chose dans ce style. Serait-ce possible que Nicolas soit plongé jusqu'au cou dans la combine ? Il n'aurait donc pas disparu, mais feint de l'être. Dans ce cas-là, j'avais affaire à un brillant trio. Et Nico avait su se faire oublier au bon moment quand ça commençait à chauffer pour lui. Là, je commençais à venir poindre l'organisation : jeux clandestins, chantages ? D'où le fameux secret…

Je me levai et enchaînai les cent pas d'un rythme effréné. Que devais-je faire maintenant ? Retourner voir la police et me faire jeter une nouvelle fois ? Essayer de suivre Fred ? Mais sans voiture, c'était plutôt ardu. Surveiller Bastien ? Il était peut-être en danger. Son malaise de tout à l'heure avait l'air plus réel. Mais pouvais-je faire encore confiance à mes sens qui n'avaient fait que de me tromper jusqu'à présent ? J'étais passé retirer de l'argent pendant la récréation en vue de la soirée, que je n'imaginais pas du tout comme cela d'ailleurs. J'avais sur moi environ cent soixante euros. Mon estomac ne cessait de me réclamer à manger. Même dans les périodes de stress comme celle-ci, il me rappelait à l'ordre. Je pensais ne rien avoir à craindre ici, aussi je descendis retrouver mon bon vieux monsieur qui m'avait si gentiment accueillie.

— Dites, j'ai pas mal travaillé et je meurs de faim ! Vous ne sauriez pas où je pourrais…

— C'est à dire qu'à cette heure-ci ma p'tite dame… *(Voilà que j'étais redevenue une p'tite dame moi ! Soit !)* Il y a toujours les distributeurs dans le hall. Le dernier qu'on a reçu il y a deux mois contient des sandwiches frais. Je vous recommande d'ailleurs le thon crudités. En plus, il est allégé, ce qui doit être un plus pour vous qui surveillez vraisemblablement votre ligne. Tout en débitant son monologue, il laissait couler son regard le long de mon corps. S'arrêtant comme par magie sur ma poitrine, il me gratifia d'un clin d'œil complice, mais qui sous-entendait bien des choses.

Coupant court à ses fantasmes de mâle en manque, je lui demandai de la monnaie en échange de mes billets puis m'achetai deux sandwichs jambon beurre, tant pis pour les kilos, et une bouteille d'eau plate. Je retournai dans ma chambre me ravitailler.

À peine eus-je pénétré dans la pièce, que quelqu'un me plaqua violemment sa main contre la bouche pour m'empêcher de crier et me retint avec force. Je crus qu'on allait m'assommer, voir me tuer, mais on m'entraîna, vers le lit. Une voix claire reconnaissable entre tout m'ordonna :

— Assieds-toi et ferme là !

Fred ! Je restai un moment sans voix, tétanisée. Elle m'avait retrouvée. Je n'éprouvais même pas l'envie de crier. Je me sentais gagnée par un abattement profond. Assise sur le lit, les bras ballants, je n'esquissais plus aucun geste, ne ressentais plus rien. Même mon cerveau n'arrivait plus à fonctionner. Dans ma tête, tout était fini. Elle m'avait retrouvée. Elle s'accroupit devant moi, me fixant dans les prunelles, mais gardant le silence également. Je fermai les yeux.

— Tu n'es vraiment pas croyable toi ! me déclara-t-elle.

Je la regardais quand même, mais décidée à bouder, je ne répondis rien.

Et tu ne veux pas savoir comment je t'ai retrouvée ? Face à mon mutisme, elle poursuivit : tu ne te demandes même pas qui je suis ? Pourquoi tu es encore en vie ? Tu comptes rester là sans rien faire ? J'ai besoin de toi pour retrouver Nico moi ! Pense à Bastien !

Non mais ! Elle en avait un de ces culots ! Non seulement elle feignait encore, mais en plus elle essayait de m'amadouer. J'avais pensé que c'était mon interlocuteur mystère de tout à l'heure qui l'avait prévenue, a priori ce n'était pas le cas, vu qu'elle semblait ignorer ce petit détail, qui avait cependant pour moi, une grande importance. Elle n'avait pas bougé d'un pouce depuis tout à l'heure. Elle restait calme. Scrutant une réaction chez moi qui mettait un point d'honneur à ne pas lui en fournir. Au loin, un pneu crissa. Pourtant ni elle ni moi n'avions remué d'un millimètre, malgré la surprise.

— Bon. Comme toi, je n'ai rien mangé ce soir. Je meurs de faim. Je vois que tu as acheté quelque chose ? J'y vais aussi. Je reviens.

Évidemment ça aussi c'était inattendu. À quoi jouait-elle donc ? Partir ou rester ? D'un côté, je ne pouvais pas sauter par la fenêtre ! J'avais plusieurs fois dormi dans des hôtels où l'on passait par l'extérieur pour accéder à la chambre. Pas besoin donc de retourner devant l'accueil et mon cher vieux monsieur. Mais là, bien entendu, ça ne se passait pas comme ça. C'eût été trop simple, n'est-ce pas ? C'était un endroit rustique à souhait, avec de la moquette, des rampes en bois, des chambres disposées le long d'un couloir décoré de cadres imposants et d'appliques murales affreuses. Impossible pour quiconque de s'échapper sans être vu. D'un autre côté, je n'avais pas réellement envie de fuir. Et puis, elle m'avait déjà retrouvée une fois, alors… Je me résolus donc à ouvrir mon repas et à mordre dedans à pleines dents sans même attendre Fred. Ce n'était pas mauvais, même si ce n'était pas évident de savourer un festin dans de telles conditions. J'aidai le pain à descendre avec quelques gorgées d'eau bien fraîche. Avant de me décider à aller aux toilettes. Après tout, on n'allait pas me tuer pour ça. Si ? Je venais juste d'achever de satisfaire mon besoin pressant, quand j'entendis la porte s'ouvrir : certainement Fred qui était de retour. J'entendis un « merde ! » retentissant. Oui, c'était bien elle. Elle croyait que je m'étais enfuie sans doute. Si j'attendais là, peut-être qu'elle partirait et je pourrais être tranquille. Une chance !

Son portable se mit à sonner, mais pas celui que j'avais emporté. Un autre ! Vous en connaissez beaucoup vous qui se promènent avec deux portables ? Je sortis de ma pseudo cachette. Fred releva la tête, car elle regardait ses chaussures. Sa mine se décomposait à vue d'œil. Une autre catastrophe ? Quoiqu'une telle chose de son point de vue ne pouvait s'avérer qu'excellente du mien ! J'attendis patiemment, assise en tailleur sur le lit, déballant mon second sandwich. Elle me regardait en coin sans piper mot. Seul son interlocuteur s'exprimait. Enfin, elle raccrocha.

— Les nouvelles sont mitigées, m'annonça-t-elle de but en blanc. Tu m'as foutu une sacrée trouille ! J'ai cru qu'ils t'avaient retrouvée !

— Mais enfin ! Qui ils ? m'écriai-je.

— Chut ! Il y a plus urgent. Béné vient d'accoucher. Ça s'est à peu près bien passé mais le bébé est en danger.

— Hein… quoi… et… parvins-je à bafouiller.

— Non, l'accouchement s'est relativement bien passé, je viens de te le dire. Mais ce n'est pas de cela qu'il s'agit. Viens avec moi. Il faut agir vite.

— Attends ! Mais qui te dit que je veux te suivre ? Je ne suis pas ton larbin moi ! Et je n'ai plus la moindre confiance en toi.

Cette dernière réplique eut énormément d'impact sur elle. Plus que je pensais. Elle ne savait plus trop comment réagir. Elle n'était même pas vexée, mais plutôt soufflée. On aurait dit qu'elle avait reçu un uppercut en plein ventre. Visiblement docteur Jeckyl avait repris le dessus sur Mister Hyde ! À ma grande surprise, elle s'agenouilla à mes pieds.

— Aide-moi ! Et je te raconterai tout.

— Non, commence à tout me raconter d'abord, et je verrai si je dois t'aider, répliquai-je !

Là, je pensais avoir marqué un point décisif dans la partie. Elle répliqua tout simplement :

— Non. Nous n'avons pas le temps. Regarde simplement ça…

Elle me tendit une photographie. Je la pris. Que pouvais-je bien faire d'autre ? C'était un tirage tout froissé par le temps sur lequel on pouvait voir trois petites filles absolument identiques qui se tenaient par la main. Une de ces trois fillettes était Fred. Ce n'était donc pas un dédoublement de personnalité, mais trois filles différentes. Assommée par la nouvelle, je n'eus même pas le temps de digérer. Fred — mais était-ce bien elle ? — me tenait par la main et m'entraînait vers sa voiture. Trois Fred ! Et moi qui n'avais rien vu ! Je me doutais de quelque chose depuis le début de l'après-midi, mais pas de ça ! Tout tournait dans ma tête alors que ma coéquipière grillait les feux rouges. Qui se trouvait à mes côtés ?

— Comment t'appelles-tu ? m'enquis-je simplement, en retrouvant peu à peu mes esprits. Tout se précisait, ce n'était pas le moment de flancher.

— Gaby, lâcha-t-elle.

Soit. Ce n'était donc pas Fred.

— Je sais que ma question peut te sembler stupide, mais on se connaît ? Ou bien est-ce la première fois que l'on se voit ? Ou…

— Je suis consciente que cette découverte a dû te causer un choc.

— C'est le moins qu'on puisse dire, en effet, ajoutai-je, amère.

— Je te promets, tu sauras bientôt toute l'histoire. Le plus important est d'enlever le bébé à l'hôpital.

— Quoi ? bredouillai-je. Kidnapper l'enfant ? Mais tu es folle ? Je commençais à te prendre pour la gentille moi !

— Mais je suis gentille ! J'ai un ami sur place, médecin qui m'a assuré que ce ne sera d'aucun danger pour le nouveau-né, ou tout du moins, nuança-t-elle, le danger qui le menacera alors sera moins lourd que celui qu'il risque si l'on ne fait rien. Des personnes veulent le tuer. Et durant ces dernières semaines, j'ai vu qu'à l'hôpital aussi, il y a des problèmes. Il y a trop d'incohérences. Sans doute, quelques membres du personnel de santé peu scrupuleux se sont fait acheter. Si tu tiens un peu à Béné et à la vie du petit, tu dois m'aider à le mettre en sécurité. J'espère surtout, ajouta -t-elle se renfrognant, qu'il n'est pas déjà trop tard.

— Et Béné ? m'enquis-je ?

— Pour l'instant, ils ne la toucheront pas. Elle n'est pas au courant. J'ai voulu la préserver. Elle doit se reposer. Et puis deux flics gardent sa porte.

— Ce n'est pas suffisant pour le bébé ?

— Tu sais quand des millions sont en jeu… ma confiance en l'être humain est limitée. J'aime mieux faire équipe avec une fille de choc que compter sur des inconnus.

Ce discours m'avait touchée et rassurée. Nous avions avalé en un temps record les kilomètres jusqu'à l'hôpital. C'était le moment d'agir.

— On fait quoi maintenant ? Cette fois-ci, c'est moi qui m'inquiétais.

— Je fonce là-bas, je prends le bébé. Tu restes ici, tu te mets au volant et tu démarres dès que je te le dis. Elle m'avait dit ça en bondissant hors du véhicule. Je n'avais jamais vu quelqu'un courir aussi vite et sans bruit encore. Moins de six minutes plus tard, elle sautait sur le siège arrière. J'avais laissé la portière ouverte pour lui faire économiser du temps. Une bonne initiative pensai-je, tendis qu'elle hurlait : Fonce ! Je m'exécutai bien avant qu'elle n'ait achevé de la refermer. Je n'avais pas le permis, tout juste quelques leçons de conduite effectuées et je craignais de nous faire chavirer à tout moment, surtout à cette vitesse. Heureusement pour nous, les routes étaient désertes à cette heure-ci. Je transpirais. J'avais des difficultés à tourner le volant à cause de la sueur. Je mordais sans compter les lignes blanches en priant de toutes mes forces quand on approchait trop près des trottoirs ou autres objets divers tels des poteaux qui pouvaient se trouver sur notre chemin.

— Ralenti !

Je freinai en appuyant brutalement sur la pédale.

— Je prends le volant. Tu conduis comme un pied. Tu vas nous tuer !

— Je n'ai pas le permis, bredouillai-je soulagée. Elle prit les commandes alors que la voiture était toujours en train de rouler, elle me passa par-dessus et j'exécutai une espèce de mouvement rotatif pour me retrouver à mon tour à moitié couchée sur elle.

J'enjambai l'espace situé entre les deux sièges et me retrouvai assise à côté du bébé un peu trop silencieux.

— T'es sûre qu'il va bien ? m'enquis-je

— Pourquoi ? s'inquiéta-t-elle

— Ben les bébés ça pleure en général !

— Je n'en sais rien moi ! Je n'y connais absolument rien ! Peut-être qu'il aime la balade ?

Je ne savais pas si c'était censé être drôle, mais je n'avais pas envie de rire. Me voilà transformée en kidnappeuse d'enfant. Et en plus, il ne bougeait pas ! Je ne savais même pas s'il était en vie ! Ça allait chercher dans les combien d'années de prison, ça ? Je le pris dans mes bras, il était un peu froid, mais il respirait. Il se mit à pleurer. J'étais soulagée !

— Tu es sûre que Béné est au courant ?

— Non elle ne sait rien.

— Mais elle va se faire un sang d'encre ! protestai-je.

— Elle est sous calmants et elle dort profondément. Je n'ai rien pu lui dire. Fais-le taire on arrive bientôt ! ajouta -t-elle énervée.

Je le blottis contre ma poitrine et le berçai doucement. Il se calma aussitôt.

— On va où ?

— On retourne dans ta chambre d'hôtel.

— Mais c'est imprudent !

— Puisque tu y es inscrite sous un faux nom…

— Mais… mais… tu m'as bien retrouvée toi !

— Peut-être parce que je ne t'avais jamais perdue !

Évidemment… Vu comme ça…

— Il y a des couches et du lait, un chauffe-biberon électrique, des vêtements, des couvertures dans un gros sac noir dans le coffre.

— Mais alors tu avais déjà tout manigancé ? Comment pouvais-tu savoir qu'elle allait accoucher cette nuit ?

— C'était prévu de longue date. Le sac est prêt depuis le jour où elle est entrée pour la première fois avec Gilles à l'hôpital. De toute façon, ça allait arriver d'un jour à l'autre alors autant être prêtes. Bon, c'est simple en fait. Vu que le gars à l'accueil à l'air de beaucoup t'apprécier, tu prends le sac, tu vas vers lui et tu le distrais. Il ne doit pas nous voir moi et le bébé. J'espère qu'il va être sage, ajouta-t-elle en lui lançant un regard inquiet par dessus son épaule. Tu attends quelques minutes et tu me rejoins dans la chambre. File-moi les clefs.

— Je… Je ne les ai pas ! bredouillai-je en me grattant le crâne. Un peu de stress et je sentais les pellicules qui n'allaient pas tarder à refaire surface.

— Comment ça tu, ne les as pas ! Mais où elles sont ! Nom d'une pipe ! Je ne les ai pas non plus moi ! Je croyais que tu les avais prises.

— Si tu crois que tu m'en as laissé le temps ! répliquai-je amère autant pour elle que pour moi.

— On va où alors ?

— Ben à l'hôtel… Elles sont sûrement restées après la porte…

— Tu parles d'une imprudence !

— C'est bon, hein ! Si j'en avais su un peu plus aussi…

— OK… on fait comme c'était prévu.

— Et ton complice, tu lui as téléphoné ?

— Hein, mais de qui tu parles ?

— Ben le gars là ! Je t'ai piqué ton portable tout à l'heure et je…

— Mais bon sang ! À qui as-tu parlé toi ... Merde ! J'espère que tu n'as pas fait une énorme bétise ! On arrive. Pas le temps de bavarder. On exécute le plan et tu racontes une fois là-bas. Bonne chance.

Elle disparut dans l'ombre avec le nouveau-né en me laissant seule avec mes pensées.

XI

Je pris une énorme respiration avant de me décider à ouvrir la porte de la voiture pour sortir. Ce n'était pas le moment que les nerfs me lâchent. Je soufflai machinalement sur mes doigts comme pour exorciser la malchance. Je n'avais pas vraiment le temps de réfléchir. C'était le moment d'agir. Je bondis sur le bitume, refermant avec soin la porte. En quelques enjambées, j'atteignis le coffre que j'ouvris. Avec soulagement, je pus voir que Fred/Gaby ne m'avait pas menti. Il y avait bien un gros sac de sport noir à l'intérieur. Je le saisis. Il pesait son poids. Il faut dire que j'étais beaucoup moins baraquée que la serveuse, si tel était réellement son métier. Mon homme siégeait à son poste en compulsant le journal. Je lui demandai :

— Dites, vous n'auriez pas un journal en trop par hasard, que je pourrais vous emprunter ? J'ai été enfermée toute la journée et je n'ai pas pu lire les nouvelles. Comme je n'arrive pas à dormir… Je ponctuai cette phrase en peignant sur mon visage un air navré irrésistible, en espérant de toutes mes forces que cette excuse bidon n'en eut pas trop l'air.

— Oh, mais certainement ma chère ! répondit-il en exhibant la quasi-totalité de son râtelier pour former un sourire racoleur. C'est-à-dire que… normalement, faut payer mais puisque c'est vous… Il avait appuyé sur le vous en faisant briller ses yeux. Il se pencha derrière le comptoir. Je priai pour que le bébé et sa nounou aient le temps de rejoindre le lieu de rendez-vous. Il se releva plus rapidement que ce que je n'aurais souhaité, me brandissant fièrement l'exemplaire de presse écrite qu'il avait trouvé.

— Merci monsieur ! Vous êtes vraiment très aimable.

À mon tour d'accentuer le vraiment. Ce qui eut pour effet de lui faire bomber le torse. Surtout, je ne devais pas trop précipiter mon départ pour ne pas tout gâcher. Je saisis le papier lentement, et j'ajoutai : « Bonne nuit monsieur… à demain ! » Je marchai d'un pas lent en portant le bagage. Il me tardait de retrouver Gaby. Ne m'avait-elle pas posé un lapin ? Je me rassurai en songeant qu'elle aurait eu tout le loisir de me semer auparavant. Je sentais mon rythme cardiaque s'accélérer au fur et à mesure que je m'approchais du but. J'avais maintenant le couloir en ligne de mire. Désert. De deux choses l'une : soit les clés se trouvaient réellement sur la porte et ils étaient rentrés, ils m'attendaient…, soit, je préférais ne pas y songer. Au pas de course cette fois, vu que personne ne m'épiait, je fis les derniers mètres. Sentant la poignée glacée contre ma main en sueur je la tournai. Je ne pus m'empêcher de sourire à la vue du spectacle qui s'offrait à mes yeux. Gaby s'était recroquevillée sur le lit et elle serrait le petit contre elle. J'entrai lentement et refermai la porte le plus silencieusement possible. Je m'approchai.

— Tout s'est bien passé ? chuchota-t-elle inquiète.

— Comme sur des roulettes, répondis-je sur le même ton.

— Tu as déjà préparé un biberon ?

— Oui.

— OK… ben vois ce que tu peux faire avec ce qu'il y a là-dedans.

J'ouvris le sac en forçant un peu, la glissière était légèrement grippée. Quelle histoire j'aurais à raconter à mes petits-enfants !

— Il nous faudrait de l'eau pour diluer la poudre de lait.

— Il y en reste dans ma bouteille.

— Ils ont été stérilisés les biberons ?

— Je le suppose.

— Tu le supposes ?

— C'est une collègue qui a préparé. Moi, je n'ai fait que transporter.

— Bien. Une collègue ? m'enquis-je en commençant à doser la poudre d'une main tremblante. La nouvelle, là ? Qui travaille au Jean Valjean ?

— Une de mes collègues… pas celles de Fred !

Bien sûr, évidemment ! Fred/Gaby, Gaby/Fred… j'éprouvais encore toutes les difficultés à séparer ces deux vies.

— Tu vois pour moi, ça reste encore flou tout ça ! J'ai du mal à m'y faire… Bon tu veux dire que quand je te rencontrais au JeanValjean, ce n'était pas toi, mais elle, c'est ça ? Rassure-moi, on s'était rencontrées avant aujourd'hui ? Ou… Pis la troisième ? m'inquiétai-je soudain, en ajoutant l'eau, avant de secouer pour mélanger…

— Elle éclata de rire… Je crois que mes explications vont être assez longues ! Mais on doit s'occuper de Nico d'abord, non ?

— Oui, admis-je à Contrecœur en mettant en marche le chauffe-biberon.

— Tant que tu y es… si tu t'y connais en couches…

Je soupirai. Elle ne m'avait quand même pas emmenée uniquement pour lui servir de baby-sitter ! En commençant de la changer, je m'exclamai de surprise.

— C'est une fille !

— Oui logique… ajouta-t-elle, comme pour elle-même, songeuse, puis se ressaisissant soudain revint à notre affaire.

— Alors à qui as-tu parlé ? Je n'ai pas tout compris ton histoire.

— Au téléphone ?

— Oui

— Je t'ai, disons… emprunté ton portable tout à l'heure avant de te planter sur le trottoir devant chez Bastien.

— Tu as emprunté mon portable ? Et ça, c'est quoi ? demanda-t-elle en agitant son téléphone devant mon nez.

J'allai fouiller dans ma poche pour lui ramener.

— Celui-là, répliquai-je sûre de moi.

— Ce n'est pas le mien… mais celui de Fred !

— Et comment tu expliques ça alors ?

— Je ne l'explique pas.

— C'est bien avec toi que je me suis engueulée devant chez Bastien, non ?

— Quand je suis revenue chez lui, tu n'y étais plus, en revanche Luke, si.

Je m'assis. Blême, refusant d'admettre la vérité.

— Revenue ?

— Quand tu es allée à la salle de bain, Luke a envoyé un message sur mon portable en disant qu'il serait là dans deux minutes alors je suis descendue pour aller téléphoner à mon supérieur pour connaître la marche à suivre à l'écart des oreilles indiscrètes.

— Quand je suis sortie de là-dedans avec cette foutue crème, tu y étais avec Luke…

— Non !

— C'était…

— Fred ! achevâmes-nous d'une même voix.

— Je… je… je… Comment savoir qui tu es ? finis-je par lui lancer, méfiante.

— Je suis la seule qui te donne des informations.

— Tu parles ! C'est incroyable en effet, ce que mes connaissances sont plus développées qu'au départ !

— Tu sauras tout. Patience ! Mais poursuis, veux-tu ? Ce que tu as à m'apprendre peut s'avérer d'une importance capitale.

— Bon ben… J'ai regardé les appels, mais ça ne m'a rien appris d'intéressant. Alors j'ai regardé la liste des numéros du répertoire. Comme il y avait deux intitulés étranges B-je-ne sais-quoi et C-je-ne-me-rappelle-plus, avec des chiffres derrière. J'ai essayé de joindre les correspondants. Le C-machin est non attribué. Au B, par contre, il y a un homme qui a répondu. Il a demandé qui c'était. J'ai dit : Fred. Il m'a engueulée de l'avoir appelé à cette heure tardive. Je l'ai questionné à propose de Nico. Il m'a déclaré qu'il était là et qu'on verrait demain. Puis il a raccroché.

Gaby ne disait plus rien. Elle réfléchissait. J'en profitai pour donner le biberon à la petite puce.

— Tu te rends compte, articula-t-elle lentement, que si jamais ce type parle de ça à Fred, on est foutues ?

Je pris quelques instants pour mesurer l'importance de ses paroles avant de répliquer :

— Honnêtement, je ne vois pas ce que ça change ! Fred nous suit depuis le début, j'en veux pour preuve sa présence chez Bastien et toutes les fois où je l'ai rencontrée en croyant que c'était toi. S'ils ne sont pas trop cons, ils savent que nous les traquons aussi…

Elle me coupa la parole.

— Ah ? Ça y est on passe au nous ?

— Ben depuis que je suis devenue kidnappeuse d'enfant, lâchai-je en un sourire. Elle s'est endormie. Nous la regardâmes quelques instants attendries. T'as un plan, Gaby ?

— Aucun non…

— C'est censé me rassurer ça ?

On dit qu'un silence vaut parfois mieux qu'un long discours, mais je me demandais quand elle allait enfin se décider : presque sept minutes, déjà, que nous ne faisions rien. Je craquai la première.

— Dis, il est vraiment en danger Nico ? J'avais bien appuyé sur le vraiment pour lui faire comprendre que quelque chose me chagrinait.

— Pourquoi ? À quoi penses-tu ?

— Je me demande s'il ne serait pas possible, éventuellement, qu'il soit avec eux, mais pas en tant que prisonnier, si tu vois ce que je veux dire…

— Précise ?

— Ben… quand j'ai eu ce type tout à l'heure, j'ai senti qu'il se demandait réellement pourquoi je posai cette question, il m'a dit il est là, d'un air de dire oui, il est près de moi, je te le passe si tu veux… c'était comme si…

— Mais bien sûr ! s'exclama-t-elle. Attends je téléphone.

Elle eut un bref échange avec quelqu'un qu'elle nommait professeur, puis raccrocha, visiblement contrariée.

— Bon… et bien… on repart ma vieille !

Je répliquai :

— Mais bon sang ! On va où cette fois-ci ? C'est très mauvais pour la petite de la changer de place comme ça ! Non seulement elle est arrivée avant terme, et elle est plus fragile, mais en plus, elle risque de prendre froid. Non, c'est décidé. Je reste ici avec elle. Tu fais ce que tu veux, mais je ne bouge pas.

Elle semblait surprise de ma soudaine résistance. Mais je ne baissai pas les yeux. J'éprouvais déjà des remords d'avoir privé ce bébé du confort de l'hôpital, je ne voulais pas prendre plus de risques. Gaby semblait peser le pour et le contre d'une telle décision.

— Si j'envoie quelqu'un pour s'occuper de la petite, tu viendrais ?

— Tu crois que je peux encore faire confiance à quelqu'un après ça ? m'exclamai-je surprise, en la regardant bien en face.

— J'appelle Val. Elle est flic. Elle devrait t'inspirer confiance, elle ! Elle avait prononcé le dernier mot sur un ton de reproche. Elle ne supportait pas la distance que je mettais désormais entre elle et moi. On m'avait tellement menée en bateau que j'étais sur mes gardes plus que jamais.

— Crois-tu ?

— C'est un inspecteur qui s'occupe des affaires étranges de la police. De surcroît, c'est ma meilleure amie et elle connaît toute l'histoire et…

— Oh ! Parfait ! En voilà au moins une qui sait quelque chose ! la coupai-je mi-agacée, mi-jalouse.

— Elle a préparé le sac de la puce… continua-t-elle en feignant ne pas avoir entendu ma réplique.

— Je ne sais pas, répondis-je simplement.

Malgré ses propos encourageants, j'hésitais encore réellement. Et si Fred revenait chercher la petite en se faisant passer pour Gaby ? Je n'arrivais absolument pas à les reconnaître. Comment cette femme y arriverait-elle ? Mais d'un autre côté, ça me dérangeait de ne pas participer à l'action, vu qu'on m'en laissait l'opportunité. J'étais passive depuis le début de l'aventure. Là, Gaby me donnait la chance de m'engager activement et je refusais. Il y avait encore quelques semaines, je faisais encore confiance à mon intuition. Beaucoup d'événements s'étaient produits depuis. Elle attendait, sans me brusquer en me donnant l'impression de s'en remettre entièrement à moi. Elle faisait confiance à mon jugement.

— Bien, admis-je à regret. Téléphone-lui.

Elle me fit signe du pouce qu'elle allait téléphoner dans les toilettes. J'acquiesçai de la tête. Je regardai ma montre. Dans douze minutes, il allait être trois heures du matin. Je n'avais cependant pas sommeil. Je me sentais prête à agir, en pleine forme, aiguisée comme jamais. Le bébé, quant à lui, dormait paisiblement emmitouflé dans sa gigoteuse.

J'achevais de resserrer mes lacets quand Gaby revint à petits pas rapides.

— C'est arrangé, m'affirma-t-elle.

En effet, ladite Val arriva quelques minutes plus tard. Elle portait des vêtements civils. Impossible de deviner sa profession. Elle me laissa immédiatement une bonne impression. C'était en apparence, quelqu'un de franc et de volontaire, prêt à mouiller sa chemise.

— Salut ! C'est donc toi la fameuse Carole ? Moi c'est Val !

Je ne savais pas que j'étais fameuse ! Je me contentai de simplement sourire.

— Enchantée !

— En voiture, chuchota Gaby. Toi, tu sais comment t'occuper du bébé, n'est-ce pas ? Cette dernière réplique s'adressait à Val. Elle lui répondit par un clin d'œil complice.

— Prends la mienne ! Elle lui lança ses clés.

— Il vaut mieux être prudentes, m'expliqua Gaby. Elle a changé de voiture hier, il y a peu de chance pour que les autres le sachent. Si ce que tu me dis est vrai, et je n'en doute pas, il vaut mieux passer inaperçues. J'espère que tu es en forme, on passe par la fenêtre. Je restai sans voix. Val sortit de son sac à dos du matériel d'escalade.

— Change-toi, me pria-t-elle en me tendant un caleçon noir, un col roulé de la même teinte et une cagoule. Je m'exécutai dans les toilettes tout en m'interrogeant. Aurai-je la capacité physique d'escalader la façade de l'hôtel ? Je fis le plus rapidement possible. À mon retour, je vis que Gaby était vêtue à l'identique. Val nouait déjà les cordes et sa collègue attachait son baudrier. Elle vint me harnacher et nous attacha l'une à l'autre. Gaby passa par la fenêtre en premier. Avec cette nuit sans lune, nous étions suffisamment à couvert. Notre progression était plus aisée que ce que à quoi je m'attendais. J'avançai prudemment en suivant le mouvement. Enfin, je posai les pieds par terre.

— Par-là ! m'enjoignit-elle accompagnant le geste à la parole.

Je la suivis courbée en deux, courant sur le chemin bitumé. La voiture, une 206 Peugeot grise était ordinaire. Le moyen de locomotion de madame tout le monde. Assise sur le siège du passager, je copiai mon amie en retirant ma cagoule.

— En avant !

— On va où ? Pleine d'entrain je m'imaginais une virée à la Starky et Hutch, bravant les méchants en gardant le sens de l'humour.

— Au laboratoire. Cette surprenante réponse me fit froncer les sourcils. C'est là-bas que tu auras les solutions à tes énigmes, compléta-t-elle.

Je me calai profondément dans le siège et attendis patiemment. Je sentais que Gaby ne m'en dévoilerait pas davantage pour l'instant.

Le laboratoire en question ne se trouvait pas, à ma grande surprise, dans un bâtiment à l'aspect médical, mais dans une grande maison rustique étalée sur trois étages. L'obscurité m'empêchait de la distinguer en détail. Même si l'architecture avait l'air prometteuse. Le professeur nous attendait sur le perron et nous entrâmes à sa suite à l'intérieur. Sans prendre la peine de nous attarder à l'étage, nous descendîmes au sous-sol. L'homme était âgé, à en croire ses rides nombreuses et les taches de vieillesse qui parsemaient ses mains. Ses cheveux blancs coupés à ras comme un militaire lui conféraient une certaine sévérité, renforcée par un nez évasé et un grand front large. Son menton carré lui donnait un air volontaire. Il aurait pu paraître presque inquiétant, si ses deux yeux bleu très clair et malicieux n'avaient pas adouci l'ensemble. Un vaste sourire transforma sa bouche quand il me déclara :

— Enchanté, Mademoiselle Dalles.

Gaby s'exclama peu de temps après :

— Salut Pascal ! en s'adressant à un homme avachit sur une chaise de bureau rouge, dans le fond de la pièce, devant un ordinateur portable et me dit :

— Caro, je te présente Pascal Debussy.

De surprise, j'avais stoppé ma progression. Comment était-ce possible ? Je me sentis défaillir.

— Mais… mais… il est mort ! bredouillai-je.

— Ben non, tu vois.

— Mais alors, cette histoire, ces lettres ?

— Café ?

Le professeur nous tendit des tasses pleines à ras bord.

— Les lettres sont réelles. On n'avait pas prévu que tu les trouves par contre. On s'était dit qu'une fois Pascal officiellement mort, tout danger serait écarté pour œuvrer dans l'ombre.

— Tu avais donc tout manigancé depuis le début, lâchai-je à contrecœur à Gaby.

— J'ai été une des premières victimes de cette machination, n'oublie pas.

Dubitative, je voulus en savoir plus afin de me forger ma propre opinion.

— Si tu me racontais ?

— Il y a cinquante ans, un dénommé Bryan Wings, un américain milliardaire tomba fol amoureux d'une bohémienne qui vivait dans une caravane et assurait un spectacle, en avançant, ville après ville. Comme dans un mauvais film, cet amour fut réciproque, mais refusé dans les deux familles. Bryan n'avait pas le droit de l'épouser, sous peine d'être banni de la lignée, répudié et bien évidemment déshérité. Les deux amoureux s'en amusaient, car seul comptait à leurs yeux, la puissance de leur amour. C'était sans considérer la violente réaction des gens du voyage qui immolèrent la brunette un soir de pleine lune. On nous a raconté que Wings, accourant sur les lieux, n'eut que le temps de lui passer une main dans les cheveux, lui arrachant une mèche pour la garder en souvenir. Évidemment, c'est l'histoire que j'ai entendue et elle a sûrement été enjolivée, comme toutes les légendes.

— Oui… ça ne fait pas très réel raconté comme ça… Tragique effectivement. Mais quel est le rapport avec notre affaire ?

— J'y viens.

Elle prit une grande gorgée de café avant de poursuivre. De son coté, Debussy ne bougeait pas le moindre cil, tandis que le professeur remuait avec application le contenu de sa tasse.

Bryan travailla dur, pour amenuiser son chagrin. Ses parents décédèrent de cause naturelle. Wings hérita des milliards familiaux. Il n'eut dès lors, qu'une seule idée en tête : venger la mort de sa bien-aimée et la faire renaître à la vie. Un scientifique un peu fou, le frère du professeur, lui proposa quelque chose d'inédit, de dangereux et d'illégal, mais qui avait quelques chances d'aboutir. Tu poursuis Pascal ?

L'interpellé se redressa et les yeux perdus dans le vide narrèrent d'une voix lasse et monocorde :

— J'étais jeune marié à l'époque. Ma femme voulait des enfants. Nous ne pouvions pas en avoir. Nous nous sommes décidés à aller en Suisse et, dans une clinique privée qu'on nous avait conseillée, nous nous résolûmes à utiliser la fécondation in vitro. L'opération fut un succès total et bientôt nous eûmes la joie de constater qu'Hélène était enceinte. La grossesse fut merveilleuse, sans problème apparent. Nous avions repeint une chambre, décoré la pièce… Ma femme fut très surveillée, nous étions apeurés, mais en même temps heureux, quand on nous apprit que nous n'aurions pas une, mais trois petites filles.

La lumière se fit soudain dans mon esprit et je regardais tour à tour Gaby, le scientifique et Debussy pendant que ce dernier achevait :

— Je me souviens que ce jour-là nous avions acheté trois énormes ours en peluche avant de rentrer. La vie avait le goût et les couleurs de la perfection. Quand approcha le grand jour, nous allâmes nous installer à la clinique. Pour le bien des bébés, selon les médecins, on m'interdit la pièce où eut lieu l'accouchement. Je n'ai donc rien vu. Je me souviens juste qu'affichant un regard peiné, le spécialiste me présenta ses condoléances. Les fillettes n'avaient pas survécu. Je dus annoncer la terrible nouvelle moi-même à ma femme. Nous avons eu du mal à nous en remettre. Mon amour semblait si différente, toute joie de vivre l'avait à jamais quittée. Un jour, nous eûmes une merveilleuse surprise, un cadeau du ciel tellement inattendu : Nicolas. Hélène et moi, comme par miracle, pouvions donc savourer la joie d'être parents. Notre vie semblait repartie sous de meilleurs horizons.

— Mon frère, le coupa le professeur nerveusement, avait volé les bébés à la naissance. Les fillettes étaient la propriété de Wings qui s'était servi de la cupidité de mon aîné pour lui faire cloner sa bien aimée. L'expérience avait trop bien fonctionné puisqu'il se trouvait avec trois clones : Juliette, Gaby et Fred. Les filles furent élevées en captivité, pour que le secret soit bien gardé. Juliette décéda à douze ans, ayant toujours souffert de problèmes immunitaires, classiques des clones.

Restaient donc Fred et Gaby. Je me grattais le front perplexe. Ainsi Gaby et Fred étaient en quelque sorte les filles de Debussy et les sœurs de Nicolas !

— Le Jean Valjean, reprit Gaby, servait de repère. On y brassait des tonnes d'argent, on pouvait dissimuler des gens derrière les portes secrètes, et en travaillant là-bas on disposait d'une couverture. C'était également le point de rencontre des divers protagonistes de l'histoire. Tout se corsa quand Pascal reçut des lettres anonymes lui déclarant que ses filles étaient encore en vie. Il commença à effectuer des recherches et se mit à recevoir des menaces. Sa femme ne supporta pas de voir les fantômes du passé revenir la hanter. Elle commença par déprimer puis n'arrivant pas à reprendre le dessus, finit par se suicider. Nicolas, en colère contre la terre entière, accusant chacun d'avoir tué sa mère, disparut pendant un moment, histoire de faire le point.

Le scientifique poursuivit :

— Une fois majeures, les filles convainquent Wings de les laisser s'épanouir en liberté. Ainsi il accepta et Fred prit naturellement sa place au Jean Valjean. Gaby qui était la plus teigneuse des deux, voulut s'en sortir seule. Elle rentra dans la police où je vins la trouver un jour pour tout lui raconter.

— Oui, répliqua-t-elle, à partir de ce moment, je voulus retrouver Pascal Debussy. Ce fut assez facile en fait. Mais j'avais à peine commencé à le suivre, sans oser prendre contact, quand je me suis aperçue que ma sœur emménageait en face ! À la même période, Pascal reçut des menaces de mort, et Fred vint me trouver pour me prier de l'aider à le tuer ! Je n'en croyais pas mes oreilles. On s'est disputées violemment, puis prise d'une idée subite, je m'excusai et allai habiter avec elle, sous prétexte qu'on arriverait mieux à collaborer ainsi. Je préférais m'en remettre à la loi et prendre conseil auprès du professeur. Nous décidâmes, aidés par la police, de simuler la mort de Pascal. Fred était aux anges que je sois enfin arrivée à réaliser ce parricide. Et c'est à ce moment-là que tu es arrivée.

— Je commence à comprendre, dis-je, mais le rapport avec Béné et sa fille ?

— J'ai longtemps cru Nico de notre côté, mais il semblerait qu'il ait changé de camp. Il est impulsif, coléreux et un peu dérangé. Il a très bien pu assommer Laurent, et comme il est sorti avec Béné… Elle ne se souvient pas d'avoir eu des rapports sans prendre de précautions et elle s'est retrouvée enceinte comme par magie, alors que le souvenir de la soirée s'était effacé de sa mémoire. On a supposé qu'ils avaient recommencé leur petit jeu. Ils ont cloné quelqu'un, le bébé que Béné a porté, et l'histoire se répète de manière inquiétante.

Jamais mon cerveau n'avait fonctionné aussi rapidement. Songeuse, se pensai soudain :

— Ils sont dans le coup, Gilles Bacchus et sa femme ?

— Je ne crois pas, non. Ils sont cupides, ils touchent pas mal d'argent pour ignorer ce qui se trame dans le café, mais n'ont pas l'air de criminels.

— C'est pas le tout, les amis, mais si nous passions à l'action ? Il est temps de mettre un terme à cette tragédie, vous ne croyez pas, proposa le professeur enthousiaste ?

XII

Je n'avais pas pu assister à la réunion durant laquelle ils mettaient leur plan au point. Je bouillais intérieurement, mais ils me proposaient de rejoindre l'équipe, alors j'avais ravalé ma colère. J'allai donc me faire maquiller, car j'avais un grand rôle à jouer dans les événements. Je n'avais pas encore vu ma tête, aussi quand j'entrai dans la voiture, ma métamorphose me surprit. On aurait dit que je venais d'être passée à tabac : ecchymoses, sang, cicatrices, bosses… Un travail formidable qui valait bien l'heure entière que j'avais passée au maquillage.

Tout en conduisant, Gaby m'apporta d'autres précisions :

— Je ne fume pas,

— Mais Fred si, achevai-je.

— Elle pue tellement le tabac, qu'elle ne prend même pas la peine de se parfumer. Moi j'adore la vanille.

Elle me regarda, mais comme je ne réagissais pas, elle poursuivit :

Le restau un peu gothique appartient à Wings, aussi ni Fred ni moi ne payons l'addition. Tu sais c'est un sanguinaire, un fan de vampires. À propos… Je dois m'excuser… C'est moi qui ai imité les lettres pour que tu ne viennes pas te mêler de cette histoire qui était trop dangereuse et c'est aussi moi qui suis venue récupérer les affaires de Pascal chez toi.

— Je crois que j'avais deviné, lui dis-je simplement. Ne t'en fais pas.

— Merci. Sincèrement. Ta confiance me touche ! Je suppose que tu désires savoir que le restaurant chic est la propriété de Luke, le petit ami de Bastien ?

— Ah d'accord ! Vous êtes donc suffisamment proches pour que tu puisses manger à l'œil ?

Elle rit.

— Attention ! Ce n'est pas que je ne paie pas… simplement il me fait une ardoise à la fin du mois. Je ne suis pas profiteuse à ce point ! Je voulais aussi te rassurer sur un point : c'est moi qui suis venue à l'hôpital quand tu as eu ton malaise. Il devenait vital de te protéger et si je me suis montrée inquiète quand tu ne voulais pas m'attendre au Jean Valjean, c'est parce qu'il y avait des flics en civil à l'intérieur et j'estimais que tu ne courrais aucun danger.

Une fois que tout fut bien étalé, mis au point, nous pûmes repartir sur de bonnes bases. Gaby semblait soulagée d'avoir vidé son sac et que les mensonges ne soient plus une barrière entre nous.

— Je suis désolée ma vieille, mais tu vas servir d'appât une fois de plus. Nous n'avons pas le choix.

J'attendais la suite. Le plaisir de passer à l'action avait déversé en moi une dose suffisamment importante d'adrénaline pour que je n'éprouve plus ni peur ni sommeil.

— Dans un premier temps tu retournes chez toi. Tu appelles Nico sur son portable. Si tu l'as au bout du fil, dis-lui que tu as le bébé. Tu joues celle qui ne comprend rien, mais qui est terrorisée et qui ne peut avoir confiance qu'en lui, car sa tendresse a réveillé en toi de l'amour, ou que sais-je moi ! Le tout c'est qu'il tombe dans le panneau. Il s'est suffisamment foutu de nous pour qu'on s'amuse à notre tour, tu ne crois pas ?

J'acquiesçai. Étais-je assez bonne comédienne pour adosser ce rôle ? Si j'échouais, il y aurait peut-être d'autres victimes. Je ne pouvais pas me permettre de me planter.

Dans le cas où Nico ne réponde pas, tu appliques le même plan sur Fred. Ouvre la boîte à gants. Tu vois la boîte en plastique noire ?

— Laquelle ?

— Celle qui ressemble à un étui à lunettes. Prends-là et regarde dedans. Ce sont des microémetteurs. Avec cela non seulement on entend tout, mais on peut savoir l'endroit exact où quelqu'un se trouve par satellite.

— J'ai l'impression de jouer dans un James Bond…

— Ne t'amuse pas trop quand même, il y a des vies qui dépendent de toi.

— Le problème… c'est que je n'aurai pas le bébé, n'est-ce pas ?

— Tu comprends vite dis donc…

— Bon arrête d'être ironique et continue tes explications. Il va bien s'apercevoir que je suis seule.

— C'est tout simple. La version que tu lui donneras c'est que quelqu'un t'a agressée et a emporté le bébé.

— Mouais… J'ai le droit d'être sceptique ou… ?

— Attends, vu ta tronche, je ne sais pas qui pourrait en douter !

— Sympa…

— Ah ce que tu peux être susceptible ! C'est la caféine qui commence à te manquer ? Je poursuis vite fait. On arrive bientôt. Colle-toi un mouchard dans le soutif. L'autre, essaie de le fourrer dans la poche de Nico, ou ailleurs pourvu que ça soit discret. Fais au mieux, car on devra vous suivre. Je ne sais pas s'il va décider de t'abandonner chez toi ou s'il va t'emmener. Donc nous allons vous pister tous les deux.

J'avais un mal de chien à placer ce truc dans mon soutien-gorge. Mes mains tremblaient un peu, et je ne voulais pas trop dévoiler mon anatomie. Inquiète, je voyais qu'on s'approchait du but. L'issue du match était proche.

— À toi de jouer ma grande, on compte sur toi !

Je la gratifiai d'un dernier clin d'œil avant de mettre les pieds dans le hall.

Mon cœur battait plus vite que d'habitude, pourtant je sentais que je gardais le contrôle. Je n'étais plus une simple spectatrice. Je portais sur mes épaules la réussite de l'opération. La porte de l'appartement était restée ouverte. Pas étonnant avec les événements. Un oubli de ma part ou une nouvelle intrusion. Peu importe en fait. Je n'étais plus à ça près. Je m'assis sur le clic-clac. Bastet se lova sur mes genoux. Je composai le numéro de Nico. Une sonnerie. Il décrocha.

— Allo Nico ? C'est Carole. Écoute. Viens me chercher, je suis chez moi avec le bébé et je ne comprends rien… J'ajoutai simplement : Je t'aime. Simple, mais efficace… du moins, l'espérais-je !

J'attendais impatiemment. Les secondes s'égrainaient trop lentement. J'avais l'impression que le temps se dilatait rien que pour m'embêter. Le chat ronronnait. Je ne savais pas comment m'occuper. Je rejetai mes cheveux en arrière et fermai les yeux.

Aussi incroyable que ça puisse paraître, je dus m'assoupir un instant, car j'ouvris les paupières au moment où Nico déboulait dans mon salon.

— Où est-elle ?

— Je… on l'a kidnappée ! avouai-je dans un murmure.

— T'es vraiment cone toi ! Une bonne à rien ! T'as vu à quoi tu ressembles ?

— Attends, je n'ai pas fait exprès de me faire agresser ! Si tu avais été là aussi… C'est de ta faute.

Il ne réagit même pas. Comme quoi cet homme que je croyais connaître un minimum n'avait réellement aucun cœur.

— Je devrais te tuer tout de suite.

Il pointa une arme sur mon visage, à quelques centimètres de mon œil droit. Je fixais en louchant le canon sombre et glacé. Je sentais mes cheveux qui se dressaient, la sueur qui perlait sur mon front.

Pan ! hurla-t-il avant de rire comme un hystérique en retirant le revolver : un vrai fou ! J'étais en vie, mais pour combien de temps encore ? Il me frappa violemment.

Je me réveillai allongée sur le lit, les pieds et les mains liés, la joue droite douloureuse, la gorge sèche, les poumons en feu : un bâillon trop serré m'empêchait de hurler et de respirer autant d'oxygène que je le voulais. J'essayai de regarder autour de moi, mais je sombrai à nouveau. Quand je repris conscience, Gaby me tenait serrée dans ses bras. Val était restée un peu à l'écart pour bercer la petite. Deux policiers en uniforme parlaient dans le fond. J'étais sauvée !

— Comment te sens-tu ?

— Un peu nauséeuse, mais ça va.

— Nous allons voir Béné et lui rendre sa fille. Tu veux venir ?

— Et comment ! Ça s'est bien passé, demandai-je en me relevant avec peine ?

— Apparemment, toute la bande était réunie au même endroit dans un grand appartement du centre-ville. On n'a eu qu'à les cueillir. Malheureusement, ils ne sont pas encore passés aux aveux.

— On ignore donc si l'enfant de Bénédicte est bien un clone ?

— Exactement. Et si c'est le cas, le clone de qui…

Nous grimpâmes dans la voiture de Val. Elle prit le volant. Je m'assis à l'arrière avec Gaby et le bébé qui dormait, confortablement calé contre elle.

Épilogue

Bénédicte pleura de joie quand elle prit sa fille dans ses bras. Nous avions une drôle de touche moi, maquillée en femme battue et Gaby habillée en cambrioleuse. Seule Val avait l'air un peu près normale.

— On l'ouvre ce champagne ?

Je sursautai :

Bastien entrait en compagnie de Lucas, du professeur et de Debussy père.

— Laurent est sorti du coma en début de soirée, tout va bien !

Debussy fit sauter le bouchon tandis que Lucas lui tendait des coupes. Nous avions tous le sourire aux lèvres, les traits fatigués. Dans le silence de l'hôpital, cette réunion extraordinaire avait quelque chose d'irréel.

Pendant que les bulles pétillaient, Gaby demanda :

— Au fait, tu vas l'appeler comment ?

— Que pensez-vous d'Angèle ?

Les verres s'entrechoquèrent tintant agréablement pour approuver ce choix. Dehors le soleil se levait, donnant naissance à un jour nouveau.

FIN

Roman achevé en 2003

Merci à ceux qui m'ont lue.

Du même auteur

L'amour à croquer :

Amour et Croissants Chauds (tome 1)

Amour et Chantilly (tome 2)

Les enquêtes de Maxence Jacquin :

L'immeuble aux secrets

Le bracelet de Madame C

L'inconnue endormie

Autres romans :

Les lettres argentées

Alex vox

Née en 1978 à Montbéliard, dans une nuit sombre d'août, dans laquelle la nouvelle lune était presque invisible, elle se prend de passion pour la littérature très jeune, dévorant des livres par centaines, empruntés à la bibliothèque où elle va le mercredi après-midi après les cours de musique. Grâce à une professeure de français qui croit en ses capacités, elle commence à écrire dès le collège des nouvelles, puis des poèmes. Depuis, elle ne cesse de compléter des carnets et d'imaginer des nouvelles intrigues.

Au fil des années, ses rencontres, ses histoires d'amour et d'amitié vont nourrir son imagination et aider à l'ébauche de ses romans.